LES PIONNIERS

*10 ans, c'est le temps qu'il a fallu pour que ce projet existe enfin.
Tellement de rencontres ont contribué à sa naissance
qu'il serait trop difficile de toutes les citer sans oublier quelqu'un.
Pourtant une personne a été décisive : Iñaki Holgado,
merci pour ta gentillesse, ta bienveillance et ce coup de pouce
qui a fait toute la différence.* **D. M.**

*Cette histoire s'inspire de faits réels. Des personnages, décors, objets,
ou des situations ont pu être changés à des fins dramatiques.*

Lettrage : Jean-Luc Ruault

ISBN 978-2-81021-270-5

www.facebook.com/ruedesevresBD
www.editions-ruedesevres.fr

Dépôt légal : avril 2022

Imprimé en France par Pollina - 41341

GUILLAUME DORISON • DAMIEN MARIC • JEAN-BAPTISTE HOSTACHE

LES PIONNIERS

LA MACHINE DU DIABLE

IDÉE ORIGINALE, DOCUMENTATION ET CONSEILS HISTORIQUES : DAMIEN MARIC
SCÉNARIO : GUILLAUME DORISON
DESSIN : JEAN-BAPTISTE HOSTACHE
COULEURS : JEAN-BAPTISTE HOSTACHE et JEAN-BAPTISTE MERLE

RUE DE SÈVRES

CHAPITRE 1

LA BATAILLE DES BREVETS

RUE JEAN-GOUJON,
PARIS, LE 5 MAI 1897.

BESOIN D'AIDE ?
TROP TARD !
TOUTES MES AMIES SONT MORTES BRÛLÉES...
TOUTES !

JE... JE NE VOULAIS PAS...
PARDON.
?!!
VERRIN ? VOUS ÊTES VIVANT ?
C'EST MOI, CHARLES PATHÉ ! PAR L'ENFER, QU'EST-CE QUI S'EST PASSÉ, ICI ?

BUENOS AIRES, SIX ANS PLUS TÔT.
PATHÉ !
C'EST QUOI C'MERDIER ? BELLOC ÉTAIT FORT COMME UN BŒUF !
UNE SALETÉ DE FIÈVRE JAUNE... KOF ! KOF !
CHARLES BELLOC 1861-1891
NOTRE BLANCHISSERIE ÉTAIT SUR LA ROUTE DU SUCCÈS QUAND CETTE FOUTUE MALADIE NOUS EST TOMBÉE DESSUS.
KOF KOF
MAIS T'ES PAS VENU POUR PAYER TES HOMMAGES, HEIN ?

L'BOSS EST SORTI D'PRISON ET IL N'A PAS OUBLIÉ QUI L'AVAIT BALANCÉ.
FAUT QU'TU FASSES TES BAGAGES.
ON N'EN SERAIT PAS LÀ S'IL AVAIT ÉTÉ UN GÉRANT HONNÊTE...
ENFIN, ÇA TOMBE BIEN, JE ME SUIS LASSÉ DE CETTE VILLE.
QUITTE LE PAYS, CHARLES. PAS JUSTE BUENOS AIRES.
IL T'LAISSE JUSQU'À MIDI.
MIDI ? C'EST DE LA FOLIE !
ET MA BLANCHIS-SERIE ?
J'VEUX PAS T'CASSER L'MORAL, MAIS T'ES PAS DOUÉ EN AFFAIRES.
ESSAYE UN INVESTISSEMENT SÛR, COMME UN BILLET RETOUR POUR LA FRANCE.

RRROOOUUUU
RRROOOOUUU
RRROOOUUUU
RRROOOOUUU
C'EST LA PREMIÈRE FOIS QUE JE VOIS D'AUSSI BEAUX PERROQUETS. QUELLE ESPÈCE ?
DES CONURES DE PATAGONIE, TRÈS RARES.
RRROOOOUUU
VOUS EN AVEZ BEAUCOUP ?
UNE QUARANTAINE...
RRROOOUUUU
PARFAIT, JE PRENDS TOUT.
ILS SUPPORTENT BIEN LE BATEAU ?

QUELQUES SEMAINES PLUS TARD, GARE MARITIME DE BAYONNE.
LA BLANCHISSERIE AURAIT PROSPÉRÉ SI MON ASSOCIÉ N'AVAIT PAS EU LA SANTÉ FRAGILE. HEUREUSEMENT, TON PETIT FRÈRE A DE LA RESSOURCE.
TU AS AGI AVEC SAGESSE. PÈRE SERA TRÈS CONTENT QUE TU REVIENNES TRAVAILLER À LA BOUCHERIE.
LA BOUCHERIE ? PLUTÔT CREVER ! ÉMILE, JE NE SUIS PAS RENTRÉ LES MAINS VIDES.
J'OUVRE MA PROPRE SOCIÉTÉ D'IMPORT-EXPORT DE CONURES DE PATAGONIE.
DE... QUOI ?!!
UNE ESPÈCE DE PERROQUETS RARE EN AMÉRIQUE LATINE, ALORS IMAGINE À PARIS.
J'Y AI INVESTI TOUTE MA FORTUNE, MAIS ÇA VALAIT LE COUP : ON VA LES REVENDRE DIX FOIS PLUS CHER !
CHARLES...
ILS ONT VOYAGÉ DANS CE CONTENEUR ?

DE TOUTE FAÇON, PÈRE NE T'AURAIT PAS DONNÉ UN CENTIME POUR TON NOUVEAU PROJET.
OU IL AURAIT RÔTI MES OISEAUX POUR LES VENDRE À LA BOUCHERIE...
AH AH AH AH !
BON, ET TOI ? PAS TROP DURE LA VIE AVEC TROIS GAMINS ?
QUATRE. LE PETIT MAXIME EST NÉ IL Y A QUELQUES JOURS.
LAURETINE S'OCCUPE DES MARMOTS ET LES AFFAIRES MARCHENT BIEN AVEC LE CAFÉ.
ON A UNE GROSSE CLIENTÈLE D'HABITUÉS À MONTREUIL-SOUS-BOIS. DES PEINTRES, DES ARTISTES...
INTÉRESSANT...
TU N'AS JAMAIS SONGÉ À AVOIR D'AUTRES BARS ?
TRÈS PEU POUR MOI. DÉJÀ QU'AVEC UN...
C'EST ÇA TON PROBLÈME, ÉMILE, T'AS TOUJOURS ÉTÉ UN PEU TROP CONSERVATEUR... TU CONNAIS LE *CAFÉ DE FLORE* ?
C'EST L'ENDROIT À LA MODE DANS LE CENTRE DE PARIS.
T'IMAGINES SI ON OUVRAIT CE GENRE DE TRUC À VINCENNES ?
...

TOURNÉE GÉNÉRALE !
VINCENNES, JUIN 1893.
À LA RÉUSSITE !
MONSIEUR PATHÉ, JE VOUS EN PRIE, ÇA FAIT DES SEMAINES...
COMBIEN ? POUR QUAND ?
POUR HIER, ET VOUS ME DEVEZ L'INTÉGRALITÉ, POUR TOUT LE MOBILIER.
JE N'AVAIS PAS DEMANDÉ D'ACOMPTE, VU LA RÉPUTATION DE VOTRE FAMILLE...
OUI, OUI... TOUS MES CLIENTS ADORENT VOS TABLES, MÊME VOS... CHAISES...
BREF, J'VOUS AIME BIEN, FOY. VOUS AUREZ L'ARGENT EN SEPTEMBRE.
JE VOUS EN PRIE, MA FEMME ET MA FILLE SONT À CÔTÉ, JE LEUR AI PROMIS DE NE PAS REPARTIR LES MAINS VIDES.
FALLAIT LE DIRE ! C'EST DÉCIDÉ, JE VOUS OFFRE UNE BOUTEILLE.
ARRRGH !

CALME-TOI, MAMAN...
SALETÉ DE SALETÉ !
CHÉRIE ?! TU ES BLESSÉE ?
BALANÇOIRE DE MALHEUR ! DE LA CAMELOTE, COMME TOUT DANS CET ÉTABLISSEMENT.
CETTE FOIS, C'EN EST TROP, JE VEUX UN DÉDOMMAGEMENT !
EH BIEN, JE PEUX DOUBLER CE QUE JE VOUS DONNE...
MAIS... VOUS N'AVEZ ENCORE RIEN DÉBOURSÉ.
BAH, ÇA FERA DEUX FOIS RIEN.
ÇA SUFFIT !
PÈRE, ARRÊTEZ DE HARCELER CE PAUVRE PATHÉ.
C'EST UN GESTIONNAIRE CONSCIENCIEUX, QUI TRAVAILLE DUR POUR MAINTENIR SON ENTREPRISE À FLOT, COMME VOUS.
VOTRE CAFÉ EST PROMIS À UN BEL AVENIR.
MERCI...
VOUS LE PENSEZ SINCÈREMENT ?
NON, IMBÉCILE. PAYEZ-NOUS !
...
MADEMOISELLE FOY, JE SUIS NAVRÉ MAIS C'EST IMPOSSIBLE. EN RÉALITÉ, JE SUIS AU BORD DE LA RUINE. TOUTEFOIS, MON NOM SIGNIFIE ENCORE QUELQUE CHOSE À VINCENNES. AURIEZ-VOUS QUELQUES DISPONIBILITÉS ?

CAFÉ DU POLYGONE
CAFÉ DU POLYGONE VINS ET LIQUEURS
CAFÉ DU POLYGONE
TROIS MOIS PLUS TARD.

VEUILLEZ M'EXCUSER, JE CHERCHE CHARLES PATHÉ.
ATTENDS TON TOUR COMME TOUT LE MONDE, MON GARS.
MON... TOUR ?
VOIS AVEC SA BONNE FEMME, DANS LE JARDIN. C'EST ELLE QUI TIENT LES COMPTES, ICI.
SAPRISTI, CHARLES, DANS QUOI EST-CE QUE TU T'ES ENCORE EMBARQUÉ ?

DIX FRANCS ?
C'EST TRÈS BIEN PAYÉ, POUR UNE BALANÇOIRE.
VOUS N'ÊTES PAS EN MESURE DE MARCHANDER.
VOTRE MARI A CUMULÉ UNE SACRÉE DETTE CHEZ LES BRASSEURS, ET IL N'Y A PAS GRAND-CHOSE D'AUTRE À SAISIR DANS CE TAUDIS.
« FUTUR » MARI, JE VOUS PRIE, ET CETTE BALANÇOIRE EST JUSTEMENT CONVIÉE À NOS NOCES.
MADAME...
ELLE NE BOUGERA PAS DE CE « TAUDIS ».
S'IL NE PAYE PAS D'ICI UN MOIS, TOUT NOUS APPARTIENDRA, DE TOUTE FAÇON !
BONJOUR, MARIE...
BONJOUR, ÉMILE. IL VOUS DOIT AUSSI DE L'ARGENT ?
NON... JE... J'IGNORAIS TOUT DE VOTRE SITUATION, CHARLES ME DISAIT QUE TOUT ALLAIT BIEN, ET...
ÇA ALLAIT MIEUX, OUI, JUSQU'À CE QUE SA FIÈVRE JAUNE JUGE LE MOMENT OPPORTUN POUR REVENIR.
C'EST VRAI QUE MON FRÈRE EST LE ROI DES GUIGNARDS.
MAIS POUR UNE FOIS, J'APPORTE DE BONNES NOUVELLES.

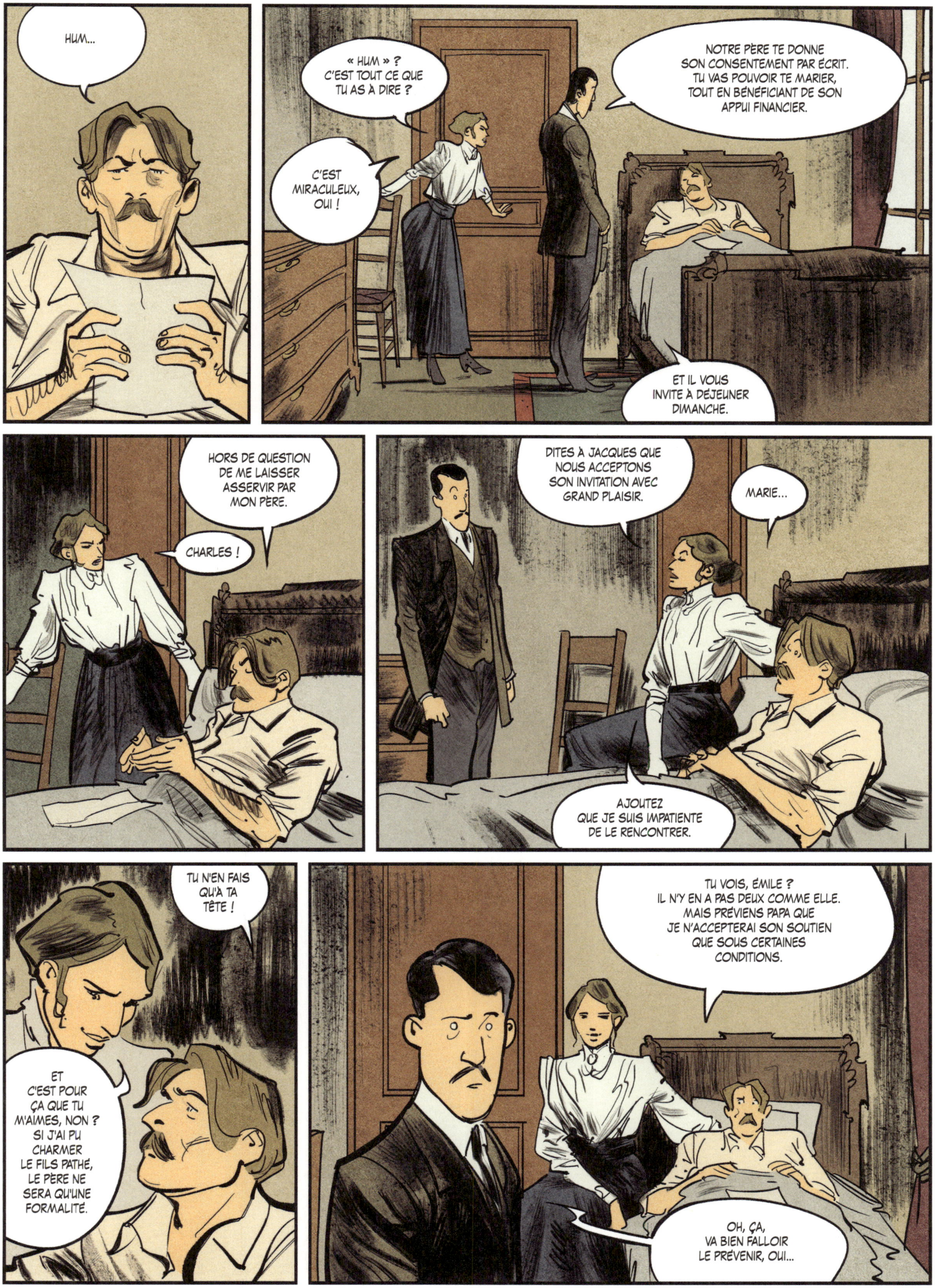
HUM...
« HUM » ? C'EST TOUT CE QUE TU AS À DIRE ?
NOTRE PÈRE TE DONNE SON CONSENTEMENT PAR ÉCRIT. TU VAS POUVOIR TE MARIER, TOUT EN BÉNÉFICIANT DE SON APPUI FINANCIER.
C'EST MIRACULEUX, OUI !
ET IL VOUS INVITE À DÉJEUNER DIMANCHE.
HORS DE QUESTION DE ME LAISSER ASSERVIR PAR MON PÈRE.
CHARLES !
DITES À JACQUES QUE NOUS ACCEPTONS SON INVITATION AVEC GRAND PLAISIR.
MARIE...
AJOUTEZ QUE JE SUIS IMPATIENTE DE LE RENCONTRER.
TU N'EN FAIS QU'À TA TÊTE !
ET C'EST POUR ÇA QUE TU M'AIMES, NON ? SI J'AI PU CHARMER LE FILS PATHÉ, LE PÈRE NE SERA QU'UNE FORMALITÉ.
TU VOIS, ÉMILE ? IL N'Y EN A PAS DEUX COMME ELLE. MAIS PRÉVIENS PAPA QUE JE N'ACCEPTERAI SON SOUTIEN QUE SOUS CERTAINES CONDITIONS.
OH, ÇA, VA BIEN FALLOIR LE PRÉVENIR, OUI...

CONTENT DE SAVOIR QUE LA BOUCHERIE SE PORTE BIEN, PÈRE.
ET MERCI DE SOUTENIR NOTRE UNION. À CE SUJET, J'AURAIS BESOIN...
TU AURAS CE QUI EST NÉCESSAIRE, CHARLES.
CET ARGENT DEVRA SERVIR À DÉMARRER VOTRE VIE DE JEUNES MARIÉS, PAS À RENFLOUER LES CAISSES DE TON CAFÉ.
LE *POLYGONE* A ÉTÉ UN DES INCONTOURNABLES DE L'ÉTÉ.
L'HIVER SERA PLUS DIFFICILE. AVEC UN PEU DE TRÉSORERIE, VOTRE FILS POURRAIT AMÉNAGER LA COUR INTÉRIEURE, ET...
MANQUAIT PLUS QUE ÇA, UNE VÉRANDA POUR ACCUEILLIR BIEN AU CHAUD TOUTES LES FILLES DE JOIE DU BOIS DE VINCENNES.
PÈRE...
VOUS AVIEZ PROMIS...
AAAH OUI, LE FAMEUX MARIAGE. ÇA TOMBE BIEN, J'AI ENTENDU UNE BIEN DRÔLE D'HISTOIRE À CE SUJET.
UNE CERTAINE MADAME FOY SERAIT TOMBÉE DE LA BALANÇOIRE DANS LA COUR DU *POLYGONE*. POUR ÉVITER TOUT PROCÈS MALVENU...
... MON IDIOT DE FILS AURAIT DEMANDÉ LA MAIN DE SA FILLE.
L'AMOUR TRIOMPHE TOUJOURS, N'EST-CE PAS ?

JE SUIS TOMBÉ AMOUREUX DE MARIE, ET ELLE A CRU EN MOI, PAS EN VOTRE FORTUNE. LES TEMPS ONT CHANGÉ.
JE SUIS UN HOMME RESPONSABLE.
VRAIMENT ? J'AI PRIS MES RESPONSABILITÉS QUAND J'AI QUITTÉ L'ARMÉE POUR ÉPOUSER VOTRE MÈRE.
J'AI PRIS MES RESPONSABILITÉS EN METTANT DE CÔTÉ MA CARRIÈRE POUR VOUS NOURRIR.
TOI ?
TU AS LAISSÉ TOMBER TA FORMATION DE BOUCHER POUR ALLER FRICOTER AVEC DES GANGSTERS EN ARGENTINE.
ALORS, SI TU VEUX RÉELLEMENT ÊTRE UN HOMME RESPONSABLE ET TE MARIER AVEC CETTE FEMME, NOTRE COMMERCE T'ATTEND À BRAS OUVERTS.
CHARLES, JUSTE LE TEMPS DE REBONDIR ! JE TIENDRAI LE CAFÉ...
MERCI, PÈRE... PEUT-ÊTRE QUE RETROUVER MES COUTEAUX QUELQUES MOIS ME FERA DU BIEN.
À LA BONNE HEURE ! VOUS POURREZ EMMÉNAGER ICI APRÈS VOTRE UNION, ÉMILIE A BESOIN D'UN COUP DE MAIN POUR ENTRETENIR LA MAISON. TA FEMME FERA UNE...
CHÉRI...
APRÈS RÉFLEXION, MA RESPONSABILITÉ, C'EST DE TENIR MARIE LOIN DE VOUS, PÈRE.
MERCI POUR CE DÉJEUNER FORT AGRÉABLE !

COMPTOIR GÉNÉRAL DE LA PHOTOGRAPHIE, MARS 1894.
MONSIEUR PATHÉ, LAISSEZ-NOUS ENCORE QUELQUES MOIS...
LE COMPTOIR DE LA PHOTOGRAPHIE EST DÉSORMAIS DISTRIBUTEUR DE LA PHOTO-JUMELLE CARPENTIER.
J'AI MÊME EMBAUCHÉ UN NOUVEAU DIRECTEUR POUR LA COMMERCIALISER ET ÉPONGER NOTRE DETTE...
MONSIEUR RICHARD, JE ME RÉJOUIS POUR TOUTES CES OPPORTUNITÉS, MAIS ELLES ARRIVENT TROP TARD : VOUS DEVEZ SIGNER.
JAMAIS !
PENSEZ À VOS EMPLOYÉS. SI VOUS NE VENDEZ PAS VOS PARTS À VOTRE FRÈRE JULES, LA SOCIÉTÉ SERA LIQUIDÉE.
JE COMPRENDS LA SITUATION, JE VOUS ASSURE.
VOUS Y COMPRENEZ QUOI, AU JUSTE ?
SAVEZ-VOUS, JEUNE HOMME, CE QUE C'EST QUE DE VOIR DES ANNÉES DE LABEUR PARTIR EN FUMÉE À CAUSE DE PETITES MANIGANCES ?
VOTRE PATRON, L'AVOUÉ...
C'EST UN CHARLATAN !

QU'EST-CE QUE VOUS ENTENDEZ PAR LÀ ?
NE FAITES PAS L'INNOCENT.
JEAN DUMONT TRAVAILLE MAIN DANS LA MAIN AVEC MON FRÈRE JULES. ILS SE SONT ARRANGÉS POUR ME METTRE AU BORD DE LA FAILLITE.
ET MAINTENANT, JE SUIS DOS AU MUR.
VOUS CROYEZ QUE MON AMOUR DE CADET VEUT RACHETER MES PARTS PAR PURE BONTÉ ?
NON, IL VA TOUT REVENDRE À DUMONT POUR UNE BOUCHÉE DE PAIN.
PUIS VOTRE EMPLOYEUR LES REFOURGUERA DEUX FOIS PLUS CHER À UN INVESTISSEUR QUI NOUS TRANSFORMERA EN COMMERCE DE SAVONS POUR BÉBÉS.
JE.. JE N'EN SAVAIS RIEN.
ATTENDEZ !
VENDEZ-MOI LE COMPTOIR, FÉLIX-MAX.
JE PROMETS DE NE JAMAIS TRAHIR VOTRE HÉRITAGE.
ET... VOUS ÊTES ?
LÉON GAUMONT, LE NOUVEAU DIRECTEUR.

CHEZ M. DUMONT, AVOUÉ PARISIEN, LE MÊME JOUR.
VOUS AVEZ FAIT QUOI ?!!
FÉLIX-MAX RICHARD ALLAIT SIGNER LA VENTE DE SES PARTS À SON FRÈRE...
MAIS QUAND LEUR NOUVEAU DIRECTEUR A PROPOSÉ DE LES RACHETER POUR UN PRIX BIEN SUPÉRIEUR, J'AI SAISI L'OCCASION...
BORDEL, PATHÉ !
VOUS AVIEZ JUSTE À OBTENIR UNE PUTAIN DE SIGNATURE !
C'EST JULES RICHARD NOTRE CLIENT, PAS CE LÉON GAUMONT SORTI DE NULLE PART.
MONSIEUR DUMONT, SI JE PEUX ME PERMETTRE, NOTRE RÔLE N'EST-IL PAS DE PROTÉGER LE FONDS DE COMMERCE ET SES EMPLOYÉS, PLUTÔT QUE DE PRENDRE PARTI POUR UN DES ASSOCIÉS ?
VOUS NE PIGEZ RIEN AU MONDE DES AFFAIRES, N'EST-CE PAS ?
DEHORS, PATHÉ. NE REMETTEZ PLUS JAMAIS LES PIEDS ICI.

UNE DÉMISSION ?!! BON SANG, CHARLES...
OH, TU AURAIS VU SA TÊTE QUAND JE L'AI TRAITÉ D'ESCROC ET QUE J'AI CLAQUÉ LA PORTE...
TU ME CONNAIS, MARIE : MOI ET MON SENS DE LA JUSTICE...
ET TU AURAIS VU CE LÉON GAUMONT...
48
UN ENTREPRENEUR... OUI, UN HOMME D'HONNEUR !
JE DOIS TROUVER LA BONNE IDÉE POUR DEVENIR UN CHEF DE SA TREMPE.
BREF, TU T'ES FAIT VIRER.
CHARLES, J'ADMIRE TON OPTIMISME ET TON IMAGINATION : TU PEUX AVOIR MILLE IDÉES, PLUS FOLLES LES UNES QUE LES AUTRES, CHAQUE JOUR, CHAQUE HEURE. MAIS TOUT CELA NE SERT À RIEN SI TU N'EN CONCRÉTISES AUCUNE.
IL FAUT PARFOIS INSISTER, MALGRÉ LES DIFFICULTÉS... OU LE MANQUE DE CHANCE.
MERCI POUR TES PRÉCIEUX CONSEILS, MARIE.
D'AILLEURS, JE RETOURNE DE CE PAS « INSISTER », PUISQUE C'EST SI SIMPLE.

BERLITZ
?

SAURIEZ-VOUS ME DIRE LA RAISON D'UN TEL ATTROUPEMENT ?
LE PHONOGRAPHE DE GRENIER, PARDI ! UNE EXPÉRIENCE INCROYABLE, PRESQUE SURNATURELLE.
LE... PHONOGRAPHE ?
C'EST VOTRE PREMIÈRE FOIS, N'EST-CE PAS ?
LAISSEZ-VOUS TENTER, VOUS NE REGRETTEREZ PAS VOS 10 CENTIMES.
VOUS ALLEZ ENTENDRE *CARMEN* COMME SI VOUS ÉTIEZ À L'OPÉRA.

MONSIEUR GRENIER ?
LUI-MÊME.
PARDON DE VOUS DÉRANGER, MAIS JE TENAIS À VOUS SALUER POUR VOTRE MACHINE EXTRAORDINAIRE.
LA MACHINE D'EDISON, POUR ÊTRE PRÉCIS.
VEUILLEZ M'EXCUSER, J'AI DU TRAVAIL...

JUSTEMENT, PARLONS AFFAIRES.
À 10 CENTIMES LA SÉANCE, CE PHONOGRAPHE GÉNÈRE UNE RECETTE D'ENVIRON 2 FRANCS PAR HEURE. IMAGINEZ SI VOUS EN AVIEZ PLUS... BEAUCOUP PLUS.
BRILLANTE IDÉE ! POURQUOI JE N'Y AI PAS PENSÉ PLUS TÔT ?
OU PEUT-ÊTRE QUE J'Y AI PENSÉ, MAIS QUE LE PRIX DE CE BEAU BÉBÉ M'A VITE REFROIDI.
CHER AMI, J'AI VOYAGÉ À L'AUTRE BOUT DU MONDE POUR ACHETER DES OISEAUX RARES. NÉGOCIER, C'EST MA SPÉCIALITÉ.
JE VAIS FAIRE DE VOUS UN HOMME RICHE, MONSIEUR GRENIER.

MES EXCUSES, MADAME, J'ÉTAIS PERDU DANS MES PENSÉES.
ET MOI, PERDUE TOUT COURT, ON DIRAIT BIEN.
LA MARQUE DES GRANDS ESPRITS !
ASSURÉMENT.

HENRIETTE COUEDON VOYANCE
MADEMOISELLE ALICE GUY...
JE VOIS... VOUS COMMENCEZ BIENTÔT UN NOUVEAU TRAVAIL...
OUI, C'EST MOT POUR MOT CE QUE JE VOUS AI DIT.
UN POSTE DE SECRÉTAIRE, PAS FORCÉMENT CE DONT JE RÊVAIS, MAIS PEUT-ÊTRE QUE DEMAIN RÉSERVE DE BELLES SURPRISES ?
UNE MARGUERITE... CETTE FLEUR EST VOTRE DESTIN... VOUS ALLEZ RÉALISER DE GRANDES CHOSES... MAIS CHUTER À CAUSE D'ELLE...
MADAME COUÉDON, JE PARLE ESPAGNOL COURAMMENT, MES PARENTS ÉTAIENT LIBRAIRES AU CHILI, ET JE SAIS ME SERVIR D'UNE MACHINE À ÉCRIRE.
J'ASPIRE À TRAVAILLER DANS LA PHOTOGRAPHIE, CERTAINEMENT PAS À FINIR FLEURISTE.
JE VOIS UN BÉBÉ... UN CHAMP DE CHOUX... UNE FÉE, ET...
BIEN... MERCI POUR CETTE SÉANCE FORT UTILE.
MA VIE EN EST DÉJÀ BOULEVERSÉE.

COURS DE VINCENNES, JANVIER 1895.
CHARLES PATHÉ
EH ! POUSSEZ PAS !
PARDON, JE SUIS ARRIVÉ BIEN AVANT VOUS !
QUEL CIRQUE.
FAITES LA QUEUE COMME TOUT LE MONDE !
VOUS PERMETTEZ ?
PLUS BESOIN DE SE RENDRE À LA FOIRE, VOUS POURREZ PROFITER DU PHONOGRAPHE EDISON CHEZ VOUS !
ET LA RÉVOLUTION ARRIVE BIENTÔT : LE PHONOGRAPHE POUR LA FAMILLE, SANS TUBE ACOUSTIQUE.
AVEC UN GRAND CHOIX DE ROULEAUX DE CHANT, DANS TOUTES LES...
REGARDE, TU PEUX ÊTRE FIER DE TON FILS.

PÈRE, MÈRE, QUEL BONHEUR DE VOUS VOIR ICI !
C'EST IMPRESSIONNANT, CHARLES. TES MEUBLES ÉLECTRIQUES SEMBLENT INTÉRESSER BEAUCOUP DE MONDE.
CE N'EST QUE LE DÉBUT : JE VAIS IMPORTER DES PHONOGRAPHES D'ANGLETERRE ET LES REVENDRE À TOUS LES FORAINS DE FRANCE.
FÉLICITATIONS.
PENDANT QUE JE ME TUE LA SANTÉ À LA BOUCHERIE, TU DÉPENSES L'ARGENT DE LA FAMILLE DANS DES JOUETS.
JACQUES !
RASSUREZ-VOUS, J'AI MONTÉ CETTE BOUTIQUE AVEC MES ÉCONOMIES. EST-CE SI DIFFICILE D'ADMETTRE QUE JE PUISSE RÉUSSIR SANS VOUS ?
PFF...PLUS PERSONNE NE VOUDRA DE CES DIABLERIES DANS SIX MOIS.
AU REVOIR, PÈRE.
TU DEVAIS LUI PARLER DE TA MALADIE... C'ÉTAIT PEUT-ÊTRE TA DERNIÈRE OCCASION...
IL N'A PAS BESOIN DE SAVOIR, ÉMILIE.
CHARLES A ENFIN ACCOMPLI QUELQUE CHOSE, ALORS AUTANT QU'IL NE S'INQUIÈTE PAS TROP POUR SON PÈRE.
KOF ! KOF ! KOF !

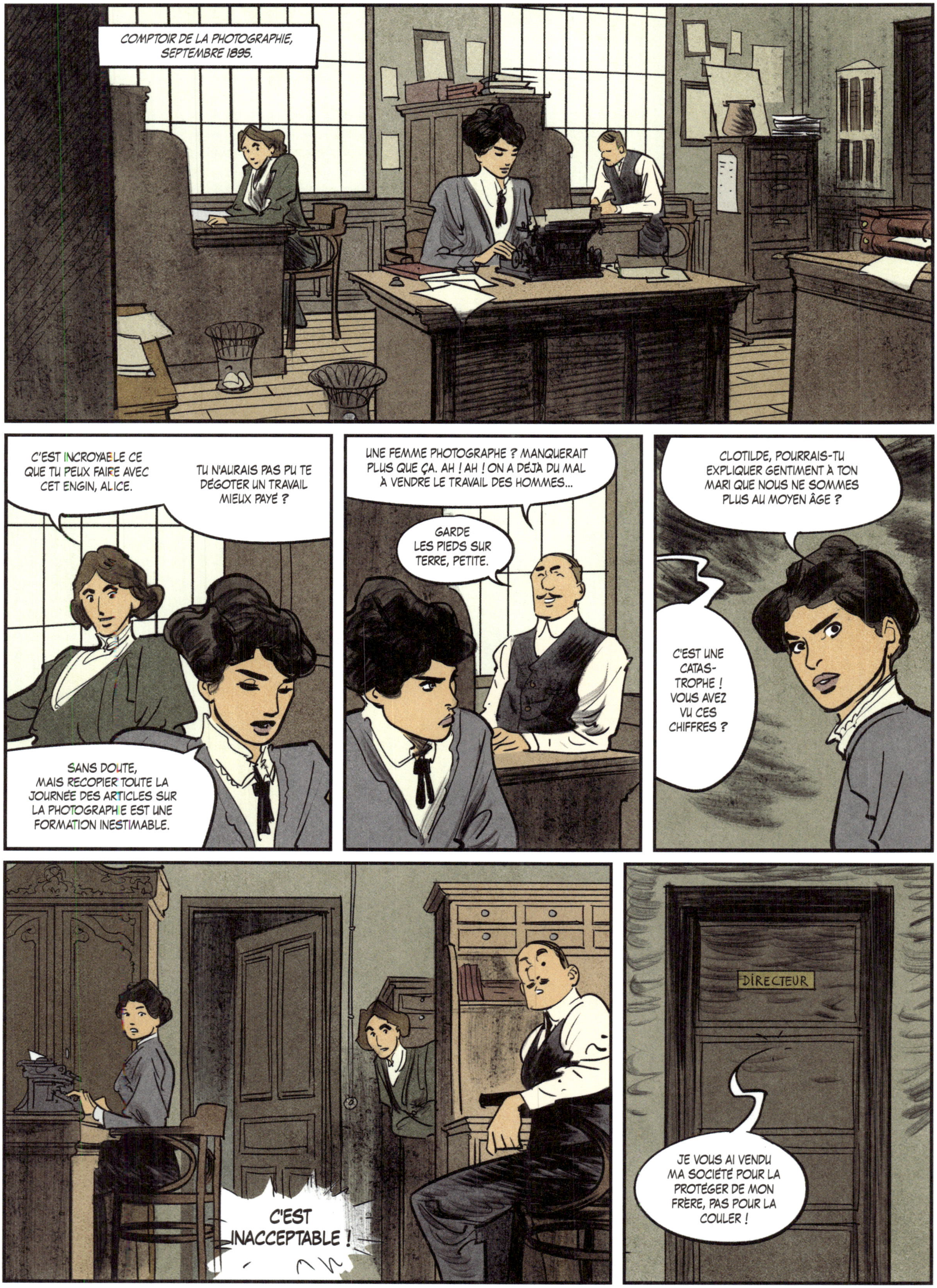
COMPTOIR DE LA PHOTOGRAPHIE, SEPTEMBRE 1895.
C'EST INCROYABLE CE QUE TU PEUX FAIRE AVEC CET ENGIN, ALICE.
TU N'AURAIS PAS PU TE DÉGOTER UN TRAVAIL MIEUX PAYÉ ?
SANS DOUTE, MAIS RECOPIER TOUTE LA JOURNÉE DES ARTICLES SUR LA PHOTOGRAPHIE EST UNE FORMATION INESTIMABLE.
UNE FEMME PHOTOGRAPHE ? MANQUERAIT PLUS QUE ÇA. AH ! AH ! ON A DÉJÀ DU MAL À VENDRE LE TRAVAIL DES HOMMES...
GARDE LES PIEDS SUR TERRE, PETITE.
CLOTILDE, POURRAIS-TU EXPLIQUER GENTIMENT À TON MARI QUE NOUS NE SOMMES PLUS AU MOYEN ÂGE ?
C'EST UNE CATAS-TROPHE ! VOUS AVEZ VU CES CHIFFRES ?
C'EST INACCEPTABLE !
DIRECTEUR
JE VOUS AI VENDU MA SOCIÉTÉ POUR LA PROTÉGER DE MON FRÈRE, PAS POUR LA COULER !

MONSIEUR RICHARD...
VOUS AVEZ BIEN FANFARONNÉ DEVANT L'AUTRE IDIOT ENVOYÉ PAR DUMONT...
MAIS IL EN FAUDRA PLUS POUR SATISFAIRE MESSIEURS EIFFEL ET VALLOT. ILS VOUS SOUTIENNENT UNIQUEMENT PARCE QUE JE LEUR AI ASSURÉ QUE VOUS ETIEZ COMPÉTENT.
LE COMPTOIR NE VAUDRA BIENTÔT PLUS RIEN ET LES VAUTOURS SONT TOUJOURS EN EMBUSCADE !
JE NE SUIS PAS UN MAGICIEN. IL Y A DE LA DEMANDE POUR LES JUMELLES, MAIS NOTRE FOURNISSEUR A DU MAL À SUIVRE.
LE PRODUIT PHARE DU COMPTOIR EST TOUJOURS LE VÉRASCOPE, BREVETÉ PAR VOTRE FRÈRE JULES.
INUTILE DE VOUS RAPPELER QU'IL REFUSE QUE JE LE VENDE. ALORS, FAUT BIEN QUE JE CHERCHE DE NOUVEAUX PRODUITS INNOVANTS, ET ÇA, ÇA PREND DU TEMPS !
ÇA, MONSIEUR GAUMONT, IL AURAIT FALLU Y RÉFLÉCHIR AVANT DE DILAPIDER L'ARGENT DE VOTRE FEMME POUR JOUER AU GRAND PATRON.
VOUS ÊTES SUR LA BONNE VOIE, MONSIEUR. NOTRE INDUSTRIE A BESOIN DE NOUVEAUTÉ, SOYEZ UN PIONNIER ET NOUS CONTINUERONS À VOUS FAIRE CONFIANCE.

TOC TOC
ENTREZ.
VOUS VOULIEZ ME VOIR ?
JE VOUS EN PRIE, ASSEYEZ-VOUS, MADEMOISELLE GUY.
CE N'EST PAS UN SECRET, NOUS TRAVERSONS DEPUIS UN BON MOMENT UNE PÉRIODE... COMPLIQUÉE.
DES RUMEURS CIRCULENT, OUI...
JE PEUX AIDER À L'ATELIER, SI BESOIN. MES CONNAISSANCES EN PHOTOGRAPHIE POURRAIENT ..
JE NE DOUTE PAS QUE VOUS SOYEZ CAPABLE DE TOUT FAIRE QUAND JE VOUS ENTENDS MARTELER CETTE PAUVRE MACHINE À ÉCRIRE, MAIS...
MAIS JE SUIS LA PLUS JEUNE ET LA DERNIÈRE RECRUTÉE. PEU IMPORTENT MES COMPÉTENCES, SI L'ENTREPRISE VA MAL, JE SERAI LA PREMIÈRE À PARTIR N'EST-CE PAS ?
VOTRE FRANC-PARLER ME MANQUERA, ALICE.
MALHEUREUSEMENT, SI JE NE REDRESSE PAS LA BARRE, C'EST LA FERMETURE ASSURÉE.
VOUS N'Y ÊTES POUR RIEN. JE N'AURAIS PAS DÛ M'ASSOCIER AVEC DES GENS DU PASSÉ.
NE VOUS TORTUREZ PAS POUR MOI... PUIS-JE AU MOINS TERMINER LA SEMAINE ?

SAPERLIPOPETTE, OÙ EST CET ARTICLE ?
JE L'AI BIEN VU QUELQUE PART !
T'ES PAS OBLIGÉE DE FAIRE SON MÉNAGE, IL T'A RENVOYÉE, NON ?
J'AI JUSQU'À VENDREDI.
ALICE... RENTRE CHEZ TOI ET DÉNICHE-TOI UN MARI AISÉ. UNE FEMME ÉDUQUÉE NE PEUT PAS PERDRE SON TEMPS À TRAVAILLER.
J'AI UN AMI À TE PRÉSENTER, LE COUSIN DE PAUL. VOUS DEVRIEZ VOUS ENTENDRE, IL A UN PHONOGRAPHE EDISON CHEZ LUI.
LE PHONOGRAPHE ! MERCI CLOTILDE, CE NUMÉRO PARLAIT BIEN DE SON HÉRITIER...
LE VOILÀ, LE PHONOSCOPE INVENTÉ PAR GEORGES DEMENŸ, L'ASSISTANT DU CÉLÈBRE ÉTIENNE-JULES MAREY...
L'ÉLÈVE A DÉPASSÉ LE MAÎTRE GRÂCE À DES IMAGES SUR PELLICULE SOUPLE DE 60 MM DE LARGE SANS PERFORATIONS.
AAAAH...
VU COMME ÇA, TOUT EST CLAIR, C'EST SÛR...
CETTE INVENTION EST NOTRE BOUÉE DE SAUVETAGE.

Le Chabanais
12

VOUS AVEZ DU POTENTIEL, JEUNE FILLE, MAIS *LE CHABANAIS* NE RECRUTE PAS EN CE MOMENT...
REVENEZ NOUS VOIR DANS QUELQUES ANNÉES...
CE N'EST PAS DU TOUT CE QUE VOUS CROYEZ.
AH, DÉSOLÉE, MAIS NOS SERVICES SONT RÉSERVÉS AUX HOMMES.
MADAME, JE PEUX VOUS ASSURER QUE MA VENUE N'A RIEN À VOIR AVEC VOS ACTIVITÉS. JE SUIS À LA RECHERCHE DE GEORGES DEMENŸ, UN HABITUÉ.
JE N'AI PAS POUR HABITUDE D'AIDER DES FEMMES À SURPRENDRE LEUR MARI...
MON EMPLOYEUR, UN HOMME TRÈS AISÉ, A UNE PROPOSITION POUR MONSIEUR DEMENŸ.
PLUS VOTRE CLIENT S'ENRICHIT, PLUS IL DÉPENSERA CHEZ VOUS, NON ?

JE NE PEUX PAS VOUS DIRE PRÉCISÉMENT OÙ EST GEORGES, NOUS TENONS À NOTRE RÉPUTATION DE CONFIDENTIALITÉ...
ÉVIDEMMENT.
AU PREMIER ÉTAGE, SUIVEZ LES HURLEMENTS UN PEU RAUQUES, VOUS TROUVEREZ VOTRE BONHEUR.
ET SI VOTRE PATRON S'ENNUIE, N'HÉSITEZ PAS À LUI PARLER DE NOS... SERVICES.
JE N'Y MANQUERAI PAS.
MERCI POUR VOTRE AIDE.
AAAAAH !
MONSIEUR DEMENŸ ?
DU BALAI, JE PAYERAI PLUS TARD !

MON NOM EST ALICE GUY, JE REPRÉSENTE LE COMPTOIR DE LA PHOTOGRAPHIE...
JE VOUDRAIS... ENFIN, NOUS AIMERIONS...
AAAAAH!
VOUS AVIEZ RAISON À PROPOS DU PHONOSCOPE : LA RECOMPOSITION DU MOUVEMENT EST UN SPECTACLE POUR TOUS.
VOS INVENTIONS NE DEVRAIENT PAS ÊTRE CANTONNÉES À DE SIMPLES ÉTUDES SCIENTIFIQUES.
IL Y A UN ATELIER AU COMPTOIR, DES MOYENS FINANCIERS POUR APPROFONDIR VOS EXPÉRIENCES...
LE COMPTOIR DE LA PHOTOGRAPHIE, VOUS DITES ?
RICHARD VEUT ACHETER MES MACHINES ?
PAS TOUT À FAIT : LE NOUVEAU PROPRIÉTAIRE, LÉON GAUMONT, VOUDRAIT INVESTIR DANS VOS TRAVAUX.
MON PHONOSCOPE, HEIN ? CE CHIEN DE MAREY DÉTIENT LES BREVETS... ON NE PEUT PAS S'EN SERVIR TEL QUEL...
ET J'AI QUELQUES EMPRUNTS SUR LE DOS...
FABRIQUEZ-NOUS UNE NOUVELLE CAMÉRA CHRONOPHOTOGRAPHIQUE ET NOUS FERONS DE VOUS UN HOMME RICHE, MONSIEUR DEMENŸ.

... ET C'EST AINSI QUE LE COMPTOIR GÉNÉRAL DE LA PHOTOGRAPHIE DEVIENT LA SOCIÉTÉ L. GAUMONT ET CIE !
JE NE REMERCIERAI JAMAIS ASSEZ MONSIEUR FÉLIX-MAX RICHARD, QUI A TOUJOURS CRU EN MOI.
MESSIEURS EIFFEL ET VALLOT POUR LEURS INVESTISSEMENTS...
COMPTOIR GÉNÉRAL DE LA PHOTOGRAPHIE, NOVEMBRE 1895.
AINSI QUE VOUS, QUI ME FAITES L'HONNEUR DE VOTRE PRÉSENCE.
FÉLIX, VOUS VOUS EN ÊTES BIEN SORTI AVEC VOTRE FRÈRE, MAIS CE GAUMONT SERA-T-IL À LA HAUTEUR ?
SANS AUCUN DOUTE. C'EST UN HOMME BRILLANT ET IL A DÉJÀ DÉCELÉ UN ALLIÉ DE POIDS, ATTENDEZ DE VOIR...
... LE CLOU DU SPECTACLE !

LE BIOSCOPE !
UN APPAREIL EN AVANCE SUR SON TEMPS, CAPABLE DE REPRODUIRE LA VIE GRÂCE À LA SUCCESSION DE TRENTE IMAGES PAR SECONDE !
LE BIOSCOPE PEUT TOUT FAIRE, MÊME DE LA PROJECTION.
MONSIEUR GAUMONT ? VERRIN, POUR *LE FIGARO*.
CET APPAREIL RESSEMBLE FORTEMENT AU PHONOSCOPE DÉVELOPPÉ PAR GEORGES DEMENŸ CHEZ ÉTIENNE-JULES MAREY. C'EST DÉCONCERTANT : QUI EN DÉTIENT LES BREVETS ?
MONSIEUR VERRIN, C'EST TOUJOURS UN HONNEUR DE VOUS AVOIR PARMI NOUS.
VOUS AVEZ L'ŒIL VIF.
LE LIEN EST ÉVIDENT CAR GEORGES DEMENŸ EST DÉSORMAIS NOTRE COLLABORATEUR PRIVILÉGIÉ.
NOTRE BIOSCOPE EST L'ULTIME ÉVOLUTION DU PHONOSCOPE !

LE BIOGRAPHE, SON PETIT FRÈRE POUR LA PRISE DE VUES, SERA BIENTÔT DISPONIBLE...
IL FAUT TOUJOURS QU'IL EN FASSE TROP. LA CAMÉRA DE DEMENŸ EST TRÈS LOIN D'ARRIVER DANS NOS RAYONS...
ÇA AURAIT DÛ ÊTRE TOI QUI FANFARONNES À SA PLACE, ALICE...
AH ! AH ! JE VOIS DÉJÀ LA UNE DU *FIGARO* : « UNE SECRÉTAIRE DE 22 ANS SAUVE LE COMPTOIR DE LA PHOTOGRAPHIE EN RECRUTANT UN INGÉNIEUR DANS LE DOS DE SON PATRON » !
J'AI DÉJÀ EU DE LA CHANCE DE NE PAS ME FAIRE RENVOYER. LÉON DEVAIT VRAIMENT ÊTRE DANS UN CUL-DE-SAC.
TU TE SOUS-ESTIMES TROP.
T'AS SAUVÉ SON CUL, GAUMONT DEVRAIT T'EN ÊTRE RECONNAISSANT.
ET C'EST LE CAS, IL ME LAISSE DU TEMPS LIBRE POUR OBSERVER DEMENŸ TRAVAILLER À L'ATELIER. C'EST TOUT CE QUE JE DEMANDAIS.
VOYONS, C'EST UNIQUEMENT POUR QUE TU SOIS DÉSIGNÉE RESPONSABLE AU CAS OÙ L'INGÉNIEUR ÉCHOUE.

L'INAUGURATION S'EST BIEN PASSÉE ?
L'ANNONCE DU BIOGRAPHE A FAIT UN TABAC : DÉJÀ CINQ EXEMPLAIRES RÉSERVÉS.
JE N'OUBLIERAI PAS CE QUE VOUS AVEZ FAIT POUR MOI. POUR L'INSTANT, VOUS DEVEZ RESTER DANS L'OMBRE, MAIS JE TROUVERAI UN MOYEN POUR VOUS REMERCIER.
MERCI, MONSIEUR.
TANT QUE ÇA RESTE DANS LE CADRE DU TRAVAIL, BIEN SÛR.
BIEN SÛR.
MAIS PAR PITIÉ, LA PROCHAINE FOIS, PRÉVENEZ-MOI AVANT DE RECRUTER MES FUTURS INGÉNIEURS !
J'Y SONGERAI.
J'Y PENSE... DEMENŸ N'EST PAS VENU DEPUIS UN MOMENT. VOUS ÊTES SÛRE QUE SON BIOGRAPHE AVANCE BIEN ?
JAI TOUT MISÉ SUR LUI.
GEORGES PRÉFÈRE EXERCER DE CHEZ LUI. LÉON, VOUS ÊTES INGÉNIEUR, LÉON, VOUS DEVEZ COMPRENDRE SON BESOIN DE... CONCENTRATION ?
RAAAHHRG !

QUELQUES JOURS PLUS TARD...
À 1000 FRANCS LE PHONOGRAPHE EDISON COMPLET AVEC 20 CYLINDRES, NOTRE BOUTIQUE NE DÉSEMPLIT PAS.
TU LES IMPORTES D'OÙ ,POUR LES REVENDRE AUSSI PEU CHER ?
PATHE FRÈRES
DE LONDRES. ET ÇA PART COMME DES PETITS PAINS DEPUIS QUE J'AI PASSÉ UNE ANNONCE DANS *LE PETIT PARISIEN*.
ALORS, GRENIER, JE T'EN METS COMBIEN, CETTE FOIS-CI ?
NOTRE COLLABORATION A ÉTÉ FRUCTUEUSE, CHARLES.
MAIS, COMMENT TE DIRE... LE PHONOGRAPHE FAIT PARTIE DE L'ANCIEN MONDE, JE DOIS VOIR PLUS LOIN.
T'AS LU L'ARTICLE DU *FIGARO* SUR LE BIOSCOPE ? GAUMONT VEUT APPORTER LA PHOTOGRAPHIE ANIMÉE DANS TOUTES LES CHAUMIÈRES. S'IL RÉUSSIT, PLUS PERSONNE NE VIENDRA SUR MON STAND.
RIEN À CRAINDRE. LEUR INGÉNIEUR EST UN IVROGNE NOTOIRE ET GAUMONT A RACHETÉ UNE SOCIÉTÉ EN FAILLITE...
CHARLES EST SURTOUT JALOUX DE LEUR RÉUSSITE.

REMERCIONS TOUTEFOIS GAUMONT, SANS QUI NOUS N'AURIONS JAMAIS EU LA DISPUTE QUI A PROVOQUÉ VOTRE COLLABORATION.
MARIE VIENT D'ARRÊTER SON ACTIVITÉ DE SAGE-FEMME POUR M'AIDER À LA BOUTIQUE. UNE BIEN MEILLEURE ALLIÉE QUE TOUS LES INGÉNIEURS DE FRANCE.
MAIS GAUMONT A RAISON SUR UN POINT : IL VAUT TOUJOURS MIEUX DÉTENIR LES BREVETS DE CE QU'ON VEND.
J'AI LA VOLONTÉ DE ME LANCER DANS L'ENREGISTREMENT DU SON ET LA CRÉATION D'APPAREILS À SPECTATEUR UNIQUE RÉVOLUTIONNAIRES.
PATHÉ
PATHÉ
LA MAISON PATHÉ VOUS RÉSERVERAIT LA PRIORITÉ DE SES NOUVELLES INVENTIONS, MONSIEUR GRENIER.
QUAND POURRAI-JE VOIR CES MERVEILLES ?
PATIENCE. ON VOUDRAIT PROFITER D'UNE VISITE AU SALON INDIEN LE 28 DÉCEMBRE POUR EN PARLER À LA PRESSE.
LE SALON INDIEN ?
LES FRÈRES LUMIÈRE VONT Y DÉVOILER LEUR CINÉMATOGRAPHE ET TOUT PARIS SERA PRÉSENT ! BELLE OCCASION POUR UN COUP D'ÉCLAT, HEIN ?

GRAND CAFÉ.
28 DÉCEMBRE 1895.
ALCOOL
SUZE
ALCOOL DE GENTIANE
ERITABLE
NOUS Y VOILÀ !
« LE CINÉMATOGRAPHE, INVENTÉ PAR MESSIEURS AUGUSTE ET LOUIS LUMIÈRE, PERMET DE RECUEILLIR... BLA BLA BLA... TOUS LES MOUVEMENTS QUI, PENDANT UN TEMPS DONNÉ, SE SONT SUCCÉDÉ DEVANT L'OBJECTIF... »
CHARLES... TU VEUX ACHETER CETTE CHOSE POUR TA BOUTIQUE ?
PAS VRAIMENT, LEUR CINÉMATOGRAPHE N'EST SANS DOUTE QU'UNE PÂLE COPIE DU KINÉTOSCOPE D'EDISON...
JE VAIS ATTENDRE QUE LEUR PRÉSENTATION FASSE CHOU BLANC ET EXPLIQUER AUX JOURNALISTES POURQUOI IL VAUT MIEUX MISER SUR PATHÉ.

MONSIEUR GAUMONT, RAVI DE VOUS REVOIR.
QUELLE RÉUSSITE AVEC LE COMPTOIR !
MONSIEUR... ?
CHARLES PATHÉ, JE TRAVAILLAIS POUR JEAN DUMONT... LES PAPIERS POUR LE RACHAT DU COMPTOIR...
AH OUI... ON PEUT DIRE QUE VOUS AVEC EU LE NEZ CREUX, PATHÉ !
POC !
AHEM...
J'AI OUVERT UNE PREMIÈRE BOUTIQUE ET JE MONTE UN RÉSEAU DE DISTRIBUTION DANS LES FOIRES. SI VOUS VOULIEZ EN PROFITER...
BIEN SÛR, BIEN SÛR...
VOUS POUVEZ VOIR ÇA AVEC MA SECRÉTAIRE ?

MESSIEURS...
IL Y A UN AN, J'AI EU L'HONNEUR D'ASSISTER À PARIS À UNE DÉMONSTRATION DU KINÉTOSCOPE MIS AU POINT PAR THOMAS EDISON ET WILLIAM DICKSON.
UNE MACHINE FANTASTIQUE, MAIS LIMITÉE À UN SEUL SPECTATEUR.
EN UTILISANT LES MÊMES PRINCIPES MÉCANIQUES, NOTRE OBJECTIF ÉTAIT D'ADAPTER CE PROCÉDÉ À LA PROJECTION COLLECTIVE, COMME LES LANTERNES MAGIQUES.
UN DÉFI BRILLAMMENT RELEVÉ PAR MES FILS, AUGUSTE ET LOUIS, DONT JE VAIS VOUS FAIRE LA DÉMONSTRATION AUJOURD'HUI.
GRÂCE AU CINÉMATOGRAPHE, VOUS ALLEZ POUVOIR ASSISTER À LA SORTIE DU PERSONNEL DE NOTRE USINE DE LYON, COMME SI VOUS Y ÉTIEZ.
CLAC !
RRRRRRRR
OOOOHH!!

CLAP
CLAP
CLAP
CLAP
CLAP
CLAP
C'EST... INCROYABLE.
VOUS ÉTIEZ AU COURANT ?
DEMENŸ EST COMPLÈTEMENT DÉPASSÉ !
BRAVO! BRAVO! BRAVO!
BRAVO
BRAVO!
BRAVO!
CLAP
CLAP
MERDE... ON EST FICHUS.

LORSQUE CES APPAREILS SERONT LIVRÉS AU PUBLIC, LORSQUE CHACUN POURRA PHOTOGRAPHIER LES ÊTRES QUI LUI SONT CHERS, NON PLUS DANS LEUR FORME IMMOBILE MAIS EN MOUVEMENT, DANS LEUR ACTION, DANS LEURS GESTES FAMILIERS, AVEC LA PAROLE AU BOUT DES LÈVRES, LA MORT CESSERA D'ÊTRE ABSOLUE !
MONSIEUR LUMIÈRE ? PERMETTEZ-MOI DE ME PRÉSENTER, JE SUIS GEORGES MÉLIÈS, GÉRANT D'UN THÉÂTRE SPÉCIALISÉ DANS LA PRESTIDIGITATION.
À LA FIN DE NOS REPRÉSENTATIONS, NOUS PROCÉDONS SOUVENT À LA PROJECTION DE PHOTOGRAPHIES PEINTES SUR VERRE. VOUS VOYEZ OÙ JE VEUX EN VENIR ?
VOUS VOUDRIEZ ACHETER NOS PLAQUES PHOTOGRAPHIQUES PRÊTES À L'EMPLOI ?
JE PENSAIS PLUTÔT À VOTRE CINÉMATOGRAPHE : IL FERAIT UN MALHEUR DANS MES SPECTACLES.
DÉSOLÉ, MONSIEUR MÉLIÈS, CELUI-LÀ N'EST PAS À VENDRE. REMERCIEZ-MOI, JE VOUS ÉVITE LA RUINE, CAR CET APPAREIL, SIMPLE CURIOSITÉ SCIENTIFIQUE PERSONNELLE, N'A AUCUN AVENIR COMMERCIAL.
50 000 FRANCS, ET VOUS ME CÉDEZ VOTRE BREVET.
CE QUE VEUT DIRE MON FILS, C'EST QUE NOUS TENONS À CONSERVER L'EXPLOITATION EXCLUSIVE DE NOTRE MACHINE. SI VOUS AIMEZ LE RÉSULTAT, JE PEUX NÉANMOINS VOUS LA LOUER...

VOTRE BIOGRAPHE EST HORS COURSE, DEMENŸ.
ÇA FAIT DES MOIS QUE VOUS DEVIEZ L'AMÉLIORER, MAIS VOUS AVEZ PRÉFÉRÉ DILAPIDER MON ARGENT AVEC DES PROSTITUÉES...
UN ARTISTE A TOUJOURS BESOIN DE SA MUSE, GAUMONT.
PARIS
GRAND CAFE
MESSIEURS, NE VOYEZ-VOUS PAS L'OPPORTUNITÉ QUE NOUS OFFRENT LES LUMIÈRE ?
QUELLE OPPORTUNITÉ ? CELLE DE ME RETROUVER SUR LA PAILLE À CAUSE DE VOS BRILLANTES MACHINATIONS ?
CE QUE NOUS ENSEIGNE LA COURSE À LA TECHNOLOGIE DE CES DERNIÈRES ANNÉES, C'EST QU'IL Y AURA TOUJOURS MIEUX DEMAIN, ET LE TEMPS DE RENTABILISER UNE INVENTION, ELLE EST DÉJÀ DÉPASSÉE.
AU FINAL, LE PUBLIC N'A QUE FAIRE DE VOS DÉBATS D'INGÉNIEURS.
LES GENS ADMIRENT LA PHOTOGRAPHIE, PAS L'APPAREIL PHOTOGRAPHIQUE.
LEUR CINÉMATOGRAPHE EST FABULEUX MAIS IL VA BIEN FALLOIR LE NOURRIR DE QUELQUE CHOSE.
MON COMPTOIR VEND DES APPAREILS, PAS DU VENT, ALICE.
MAIS JE VOUS AVAIS PROMIS UNE FAVEUR, ALORS JE SUIS PRÊT À VOUS LAISSER UNE DERNIÈRE CHANCE.
ÉTONNEZ-MOI.

CHARLES...
ÉMILE EST VENU TE VOIR.
LES ANNÉES SE SUIVENT ET SE RESSEMBLENT.
T'ARRIVES JUSTE À TEMPS POUR ADMIRER UN AUTRE DE MES ÉCHECS.
JE SUIS DÉSOLÉ POUR TA BOUTIQUE. TU NE POUVAIS PAS PRÉVOIR L'ARRIVÉE DU CINÉMATOGRAPHE...
NE LE SOIS PAS. PÈRE AVAIT BIEN RAISON AU SUJET DE MES CAPACITÉS D'ENTREPRENEUR.
PAIX À SON ÂME.
ALLEZ, CRACHE LE MORCEAU. IL M'A DÉSHÉRITÉ, N'EST-CE PAS ? ON NE PEUT PAS DIRE QUE JE NE L'AI PAS MÉRITÉ...
NOTRE MÈRE T'AIME ÉNORMÉMENT, ET ELLE EST LA SEULE PERSONNE AU MONDE À AVOIR EU DE L'INFLUENCE SUR NOTRE CHER PÈRE. ELLE S'EST BATTUE POUR TOI, CHARLES : L'HÉRITAGE SERA PARTAGÉ ÉQUITABLEMENT ENTRE JACQUES, THÉOPHILE, TOI ET MOI.
TU ES RICHE.

TU ES SÛRE QUE JE NE DÉRANGE PAS, MARIE ?
APRÈS TOUTES CES MAUVAISES NOUVELLES, C'EST BON DE T'AVOIR ICI.
T'ES SÛR DE TOI, ÉMILE ?
ON PARLE DE PLUSIEURS DIZAINES DE MILLIERS DE FRANCS, DU LOCAL DE L'AVENUE DU POLYGONE, DE LA RUE DU VIGNERON...
LAISSE-MOI DEVINER : TU AS UN PLAN ?
AVEC DE L'ARGENT FRAIS, JE POURRAIS RELANCER LA BOUTIQUE AVEC DES PRODUITS PHONOGRAPHIQUES ET INVESTIR LE RESTE DANS LA PROJECTION.
LA PROJECTION ? LES FILMS DES LUMIÈRE ONT REMPORTÉ UN FRANC SUCCÈS, MAIS CE N'EST PAS UN PLACEMENT RENTABLE S'ILS NE SONT VISIBLES QU'AU SALON INDIEN...
TANT MIEUX, CHARLES A DES CONNEXIONS DANS LE MONDE FORAIN.
IMAGINE, UNE DIFFUSION DANS LES FOIRES DU MONDE ENTIER : LES LUMIÈRE FOURNISSENT LA MATIÈRE, ON LA DISTRIBUE. AVEC L'EXPÉRIENCE, JE SUIS SÛR QU'ON SERAIT CAPABLES DE PRODUIRE NOS PROPRES FILMS !
MA FOI, MAINTENANT QUE PÈRE N'EST PLUS LÀ, PLUS BESOIN DE JOUER LE FILS MODÈLE. T'AS UN NOM EN TÊTE ? UN SLOGAN ?
EH BIEN...

C'EST GROTESQUE, JE SUIS INGÉNIEUR, MADEMOISELLE, PAS PAYSAN.
JE VOUS REMERCIE POUR VOTRE CAMÉRA, GEORGES...
BELLEVILLE, AOÛT 1896.
MÊME SI, ENTRE NOUS, J'AURAIS PRÉFÉRÉ LE 35 MM À VOTRE 60 MM...
COMME SI VOUS Y CONNAISSIEZ QUELQUE CHOSE...
LAISSEZ-MOI MANŒUVRER MON BIOGRAPHE AU LIEU DE ME DÉGUISER.
NE SOYEZ PAS SI MODESTE, VOUS AVEZ LE RÔLE LE PLUS IMPORTANT DE MON HISTOIRE.
QUELLE HISTOIRE ? ELLE EST COMPLÈTEMENT FOLLE !
MA MACHINE SERT À ÉTUDIER LE MOUVEMENT HUMAIN, PAS À RACONTER DES FABLES...
NON, ELLE SERT À FAIRE DES FILMS.
ALLEZ, RÉPÉTITION GÉNÉRALE !

CLOTILDE, PAUL, VOUS ÊTES DEUX BEAUX JEUNES MARIÉS DANS LA TOURMENTE PARCE QUE VOUS N'ARRIVEZ PAS À AVOIR D'ENFANTS...
DEMENŸ A PEUT-ÊTRE VU JUSTE : NOTRE ALICE A PERDU LA RAISON.
IDIOT, IMAGINE QUE C'EST COMME DU THÉÂTRE... MAIS SANS TEXTE À APPRENDRE.
LES MARIÉS ARRIVENT PRÈS D'UN CHAMP DE CHOUX OÙ S'ACTIVE UN PAYSAN...
PARCE QUE JE DOIS TRAVAILLER, EN PLUS ?!!
PAUL SE PENCHE À L'OREILLE DE SA FEMME ET LUI DEMANDE SI ELLE AIMERAIT AVOIR UN POUPON. CLOTILDE ACCEPTE EN BAISSANT LES YEUX...
LE MARIÉ DOIT ALORS DEMANDER AU PAYSAN S'IL N'A PAS UN BÉBÉ DANS SON CHAMP.
COMME IL EST DÉRANGÉ PENDANT SON TRAVAIL, MONSIEUR DEMENŸ DOIT ACCEPTER, TOUT EN MONTRANT SA MAUVAISE HUMEUR.
VOUS VOYEZ ? C'EST UN RÔLE SUR MESURE.
TRÈS DRÔLE.

AVEC L'AUTORISATION DU PAYSAN, LE MARIÉ FOUILLE UN PEU ET DÉCOUVRE UN BÉBÉ EN CARTON.
QUELLE DÉCEPTION !
MAIS LA JEUNE FEMME ENTEND SOUDAIN UN GAZOUILLIS DERRIÈRE UN CHOU PLUS ÉLOIGNÉ...
ELLE S'Y PRÉCIPITE...
ET DÉCOUVRE UN NOUVEAU-NÉ BIEN VIVANT !
QUI VA JOUER LE RÔLE DU BÉBÉ ? VOUS ?
VOUS INQUIÉTEZ PAS POUR ÇA, DEMENŸ : NOTRE PETIT BAPTISTE ATTEND DANS LA MAISON. IL A HÂTE D'ÊTRE UNE CÉLÉBRITÉ À VOS CÔTÉS.
LOUIS LUMIÈRE AVAIT BIEN RAISON, CE GENRE DE BOUFFONNERIE N'A AUCUN AVENIR COMMERCIAL...

ALORS ?
NOM D'UN CHIEN, COMMENT AVEZ-VOUS RÉUSSI À CONVAINCRE DEMENŸ DE JOUER LE PAYSAN ?
DISONS QU'IL AVAIT BEAUCOUP À SE FAIRE PARDONNER, ET UNE PETITE LEÇON D'HUMILITÉ NE FAIT JAMAIS DE MAL.
VOUS ÊTES ÉTONNANTE, ALICE. ESPÉRONS QUE CETTE COPIE NE SE PERDE PAS, SINON PERSONNE NE NOUS CROIRA.
PLUS SÉRIEUSEMENT, MA SOCIÉTÉ POURRAIT SORTIR LA TÊTE DE L'EAU GRÂCE À VOTRE TALENT. COMMENT VOUS RÉCOMPENSER ?
UNE PROMOTION, PEUT-ÊTRE ?
QUE DIRIEZ-VOUS DE PRENDRE LA DIRECTION D'UN SERVICE SPÉCIALISÉ DANS LES VUES ANIMÉES DE FICTION CHEZ L. GAUMONT ET CIE ?

OOOOOOOHH !
VENEZ, ALICE.
J'EN AI ASSEZ VU...

FOIRE DE SAINT-NAZAIRE, OCTOBRE 1896.
CINÉMATOGRAPHE
GRENIER THEATRE ELECTRIQUE
COMMENT ONT-ILS RÉUSSI À VENDRE AUTANT D'APPAREILS DANS TOUTE LA FRANCE EN SI PEU DE TEMPS ?
LES LUMIÈRE NE VENDENT RIEN : ILS LOUENT LEURS CINÉMATOGRAPHES ET LES FILMS À DES CONCESSIONNAIRES OPÉRATEURS.
EN ÉCHANGE, LES EXPLOITANTS DOIVENT REVERSER 50 % DE LEURS RECETTES BRUTES.
LE CINÉMA FORAIN EST EN PLEIN ESSOR GRÂCE À CETTE SOCIÉTÉ, PATHÉ FRÈRES. ILS DISTRIBUENT LES PRODUITS DES LUMIÈRE EN COLLABORATION AVEC GRENIER.
C'EST QUOI ENCORE, ÇA, PATHÉ FRÈRES ? ET POURQUOI UN COQ ? C'EST UNE BOUCHERIE ?
LÉON, VOUS M'AVEZ PRÉSENTÉ CHARLES PATHÉ VOUS-MÊME AU SALON INDIEN, IL ESSAYAIT DE PROPOSER SES SERVICES...
VOUS AURIEZ DÛ ME FORCER À L'ÉCOUTER, AH ! AH ! BAH, LA CONCURRENCE A TOUJOURS DU BON...
MAIS NE LE LAISSONS PAS TROP PRENDRE SES AISES. JE VAIS PARLER À CE GRENIER ET AVANT LA FIN DE L'ANNÉE, NOS FILMS SERONT DE TOUTES LES FÊTES FORAINES.
QUAND MÊME BIEN RIDICULE, CE COQ, NON ? EN Y REPENSANT, Y M'FAUDRAIT AUSSI UN EMBLÈME POUR GAUMONT ET CIE. UNE IDÉE ?
MON PREMIER JOUR À PARIS, UNE VOYANTE M'AVAIT PARLÉ D'UNE MARGUERITE...

HÔTEL PARTICULIER DE LA COMTESSE DE MAILLE, 21 MARS 1897.
VOUS ÊTES DÉJÀ VENU DANS MA BOUTIQUE DE PARFUMERIE ET DE MAROQUINERIE, RUE DE L'UNIVERSITÉ ?
EUH... CERTAINEMENT, UN HAUT LIEU MONDAIN !
MONSIEUR DEMENŸ, VOUS ME FLATTEZ.
J'Y OFFICIE COMME VENDEUSE, DE TEMPS À AUTRE.
V... VOUS ?
TOUT À FAIT, IL NE FAUT PAS SEULEMENT DONNER AUX PAUVRES, IL FAUT AUSSI TRAVAILLER POUR EUX.
DANS CE CAS, J'AI MIEUX À VOUS PROPOSER POUR DE LA CHARITÉ : LE CINÉ...
MESDAMES ET MESSIEURS...
JE TENAIS PERSONNELLEMENT À VOUS PRÉSENTER LA GRANDE VENTE DE BIENFAISANCE QUI AURA LIEU DÉBUT MAI.
LE BARON DE MACKAU VA INSTALLER LE BAZAR DE LA CHARITÉ RUE JEAN-GOUJON, DANS UN HANGAR OÙ SERA RECONSTITUÉE UNE RUE DU MOYEN ÂGE.
POUR VOUS EN PARLER, QUI DE MIEUX QUE MADAME HENRIETTE COUÉDON, LA CÉLÈBRE VOYANTE ?
ELLE VA NOUS DÉLIVRER UN MESSAGE DE L'ANGE GABRIEL SUR LA DESTINÉE RADIEUSE DU BAZAR !

PRÈS DES CHAMPS-ÉLYSÉES... JE VOIS UN ENDROIT PAS ÉLEVÉ... QUI N'EST PAS POUR LA PITIÉ...
... MAIS QUI EN EST APPROCHÉ...
DANS UN BUT DE CHARITÉ... QUI N'EST PAS LA VÉRITÉ...
SANS BLAGUE.
JE VOIS LE FEU S'ÉLEVER... ET LES GENS HURLER... DES CHAIRS GRILLÉES...
DES CORPS CALCINÉS... J'EN VOIS COMME PAR PELLETÉES...
QUELLE POÉSIE !
PAS D'INQUIÉTUDE, TOUTES LES PERSONNES PRÉSENTES ICI SERONT ÉPARGNÉES ET POURRONT PROFITER DE L'ATTRACTION DE CETTE ANNÉE : UNE PROJECTION DES FRÈRES LUMIÈRE !
LEUR CINÉMATOGRAPHE NE VAUT PAS UN CLOU. LA MACHINE QUE J'AI DÉVELOPPÉE POUR GAUMONT EST BIEN PLUS PERFORMANTE.
NÉANMOINS, IL EST TOUJOURS MIEUX DE VOLER DE SES PROPRES AILES. J'AURAIS JUSTE BESOIN D'UN PETIT FINANCEMENT POUR ME LANCER...

RUE JEAN-GOUJON, LE 4 MAI 1897, 13 H 45.
EN PLUS, C'EST BONDÉ !
MARIE, JE DÉTESTE CES MANIFESTATIONS GORGÉES D'HYPOCRISIE...
LE BAZAR DE LA CHARITÉ, C'EST « LA » VENTE DE CHARITÉ, CHARLES.
CHAQUE ŒUVRE A SON PETIT COMPTOIR, AVEC SES PATRONNESSES DE PRESTIGE COMME LA DUCHESSE D'ALENÇON, LA COMTESSE DE MAILLÉ...
QUEL BONHEUR.
IL Y A MÊME UN STAND AVEC LE CINÉMATOGRAPHE DES FRÈRES LUMIÈRE.
QUI SAIT ? QUELQUES POIGNÉES DE MAIN ET TU POURRAIS LES REMPLACER L'ANNÉE PROCHAINE...
J'AI CONFIRMÉ TON RENDEZ-VOUS AVEC MONSIEUR FERNAND VERRIN, DU *FIGARO*.
ESSAYE DE NE PAS TROP T'ÉTERNISER SUR TA PROPRE RÉUSSITE, SI TU VEUX SORTIR DE LÀ AU PLUS VITE.
AH ÇA ! J'ESPÈRE BIEN.

LE CINÉMATOGRAPHE PERFECTIONNÉ
PHOTOGRAPHIES ANIMÉES
LA PLUS MERVEILLEUSE DÉCOUVERTE DONNANT L'ILLUSION DE LA VIE RÉELLE
PRIX D'ENTRÉE 50 centimes
IL SEMBLERAIT QUE LES FRÈRES LUMIÈRE VOUS ONT ENCORE VOLÉ LA VEDETTE AVEC LEUR CINÉMATOGRAPHE...
ET C'EST TRÈS BIEN COMME ÇA. RETENEZ BIEN MA PROPHÉTIE, VERRIN.
LA COURSE À LA TECHNOLOGIE EST VAINE, TOUT VA SE JOUER SUR LE CONTENU.
D'AILLEURS, MADAME GUY TOURNE NOS FUTURES FICTIONS. UN TRAVAIL DE MISE EN SCÈNE ÉLABORÉ, AVEC DE VÉRITABLES COMÉDIENS.
UNE SORTIE D'USINE ? L'ARRIVÉE D'UN TRAIN EN GARE ? À QUOI BON FILMER NOTRE QUOTIDIEN TROP SOUVENT INSIPIDE ?
LE CINÉMA DOIT NOUS AIDER À ÉCHAPPER À LA RÉALITÉ, COMME UNE MACHINE À RÊVER.
NON !
LE CINÉMA DOIT ÊTRE LA MACHINE DE LA RÉALITÉ, OUVRIR LES YEUX DES SPECTATEURS SUR LE MONDE QUI NOUS ENTOURE.
MONSIEUR VERRIN, MONSIEUR GAUMONT.
J'IGNORAIS QUE ÇA SERAIT UNE DISCUSSION À PLUSIEURS, MAIS J'EN SUIS RAVI.
PARDON POUR CETTE PETITE SURPRISE, LES LECTEURS DU FIGARO VONT SE DÉLECTER D'UNE INTERVIEW CROISÉE ENTRE LES DEUX GRANDS RIVAUX.
J'AI HÂTE.

14H50.
VOUS ÊTES CERTAINS DE NE PAS VOULOIR RESTER UN PEU, CHARLES ?
MONSEIGNEUR CLARI VA BÉNIR LE BAZAR...
UNE BONNE RAISON DE FUIR, DONC.
VOUS VOYEZ, LÉON ? VOUS ÊTES FAITS POUR VOUS ENTENDRE.
TOUT CELA M'AURAIT FAIT SOURIRE SI ON N'AVAIT PAS INTERROMPU VOTRE TOURNAGE POUR PERDRE NOTRE TEMPS ICI. ET SI NOUS Y RETOURNIONS, MADEMOISELLE LA RÉALISATRICE ?
ÇA PROMET, ENTRE CES DEUX-LÀ...
MERCI, MARIE, CE FUT FORT AGRÉABLE.
EN PLUS DE PERDRE MON TEMPS, GAUMONT M'A ENCORE RIDICULISÉ. AU MOINS, CE FIASCO FERA LA UNE DES JOURNAUX.
CHARLES...
IL Y A ENCORE DEUX ANS, LÉON GAUMONT IGNORAIT JUSQU'À TON NOM.
AUJOURD'HUI, *LE FIGARO* TE MET SUR UN PIED D'ÉGALITÉ AVEC LUI.
IL A PEUR DE TOI. TU SAIS CE QUE ÇA VEUT DIRE ?
LE FUTUR DU CINÉMA APPARTIENT À PATHÉ FRÈRES.

EH ! OH ! ON NE VOIT PLUS RIEN, LÀ-DEDANS !
C'EST ÉTRANGE... LA CAMÉRA SEMBLE POURTANT BIEN FONCTIONNER.
JE VÉRIFIE LA LAMPE. ÇA SENT UN PEU FORT, PEUT-ÊTRE UNE FUITE D'ÉTHER...
BORDEL, ON N'Y VOIT RIEN !
BOUGE PAS, JE VAIS T'ÉCLAIRER...
NON !!!
SCRITCH!

VINGT-DEUX BOUTIQUES ! UNE POUR CHAQUE COMPTOIR, L'INTÉGRALITÉ DU DÉCOR DE L'EXPOSITION DU THÉÂTRE AU PALAIS DE L'INDUSTRIE. DEVINEZ COMBIEN ÇA NOUS A COÛTÉ ?
JE DIRAIS... DANS LES 20 000 FRANCS ?
180 FRANCS ! UN VRAI PRIX DU MOYEN ÂGE POUR UNE RECONSTITUTION PARFAITE. NOS BARONNES ET DUCHESSES DÉGUISÉES EN VENDEUSES ONT UN SUCCÈS SANS PAREIL.
TOUT CELA AVANT TOUT POUR LA CHARITÉ, BIEN SÛR. MENTIONNEZ-LE BIEN DANS VOTRE JOURNAL, VERRIN.
JE N'Y MANQUERAI PAS, MONSIEUR LE BARON.
MONSIEUR ! UN DÉPART DE FEU DANS LA SALLE DU CINÉMATOGRAPHE...
IL FAUT ÉVACUER !
AAAAAAAAAAAHHHH!

AAAAAHHHH !
AAAAAHH !
AU FEU !! AU FEU !!
À L'AIDE !
OUVREZ LA PORTE !!!
LAISSEZ-NOUS SORTIR !
AU SECOURS !
OUVREZ CETTE PORTE !!!

THÉÂTRE MARIGNY, 16H30.
ALICE ! CLOTILDE !
TOUT VA BIEN, PAUL, TA FEMME EST UNE COMÉDIENNE CONFIRMÉE, DÉSORMAIS.
LE BAZAR DE LA CHARITÉ EST EN FLAMMES...
DES GENS SONT ENFERMÉS À L'INTÉRIEUR !
LÉON, NON ! ATTENDEZ !!!

LÉON !
LÉON, ÉCOUTEZ-MOI !
C'EST TROP DANGEREUX, VOUS NE POUVEZ PAS Y ENTRER !
ILS DISENT QUE LE CINÉMATOGRAPHE A PRIS FEU...
CE N'ÉTAIT PAS LE VÔTRE, CE N'EST PAS DE VOTRE FAUTE.
PAS LE MIEN ?
PEU IMPORTE !
JE VOULAIS MA PART, ALORS J'AI NÉGOCIÉ AVEC LES LUMIÈRE...
LEUR PROJECTEUR UTILISAIT MA LAMPE...

HMPHHH...
JE... KOF ! KOF ! KOF !
JE VOUS EN PRIE... NE ME LAISSEZ PAS...
JE... JE NE SENS PLUS MES BRAS...
VOUS EN AVEZ FAIT ASSEZ, MONSIEUR VERRIN.
IL Y A UNE PORTE DERRIÈRE LE COMPTOIR 16, ELLE DONNE SUR UN TERRAIN VAGUE...
ALLEZ-Y, JE VAIS AIDER MON AMIE... NOUS SERONS DERRIÈRE VOUS.

MAISON DES GAUMONT, LE LENDEMAIN MATIN.

HHHH!

LA FÊTE EST FINIE, PATHÉ.
BAZAR DE LA CHARITÉ, AU MÊME MOMENT.
VOUS CONNAISSIEZ CETTE FEMME ? JE SUIS DÉSOLÉ…
LA DUCHESSE D'ALENÇON, ON S'ÉTAIT CROISÉS ICI ET LÀ…
J'AVAIS ÉCRIT SUR ELLE…
UN ARTICLE ACERBE SUR LA CHARITÉ DES ARISTOS.
ELLE M'A SAUVÉ LA VIE SANS HÉSITER.
LE CINÉMATOGRAPHE… OUI, C'EST VOTRE APPAREIL LE RESPONSABLE !
VERRIN, CE N'ÉTAIT PAS…
JE VAIS VOUS DÉTRUIRE, VOUS ET VOTRE…
MACHINE DU DIABLE !

CHAPITRE 2

LA GUERRE INDUSTRIELLE

AOÛT 1897.
PALAIS DE JUSTICE DE PARIS.
COUPABLE !
OUI, LE CINÉMATOGRAPHE EST COUPABLE !
CENT VINGT ET UN MORTS ! ET LA FAUTE À QUI ?
À CETTE MACHINE QUI A ALLUMÉ LA MÈCHE...
ET À CEUX QUI L'ONT CRÉÉE !

COUPABLE !
MORT AU CINÉMATOGRAPHE !
JE VOUS EN PRIE... JE COMPRENDS VOTRE SOUFFRANCE, MAIS LE CINÉ...
VOUS ŒUVREZ POUR LE DÉMON !
LÉON...
VOUS ÊTES UNE HONTE POUR TOUTES LES VICTIMES, GAUMONT !
VENEZ, ILS N'EN VALENT PAS LA PEINE.
CE TRIBUNAL VA FAIRE ÉCLATER LA VÉRITÉ !
COUPABLE !
COUPABLE !

ALORS, QUI SONT LES RESPONSABLES DE L'INCENDIE DE LA RUE JEAN-GOUJON ?
SÛREMENT PAS CE CHER BARON DE MACKAU QUI A ORGANISÉ LE BAZAR AVEC LE CŒUR SUR LA MAIN. IL A ÉTÉ LE PREMIER À LANCER L'ÉVACUATION EN TOUTE SÉCURITÉ...
COMMENT AURAIT-IL PU SAVOIR QUE LE DÉMON S'ÉTAIT IMMISCÉ DANS SON ŒUVRE DE CHARITÉ ? NON... LE FAUTIF EST AILLEURS.
VOILÀ VOTRE INCENDIAIRE, MONSIEUR LE JUGE, VOTRE VIL MEURTRIER...
LE CINÉMATOGRAPHE DES FRÈRES LUMIÈRE !
ET SES CRÉATEURS SONT SOUS VOS YEUX. MESSIEURS, MA QUESTION EST SIMPLE : VOTRE PROJECTEUR A-T-IL PROVOQUÉ CET INCENDIE ?
RÉPONDEZ À LA QUESTION DE MONSIEUR LE PROCUREUR, S'IL VOUS PLAÎT.
OUI, C'EST TRÈS CERTAINEMENT L'EXPLICATION LA PLUS PROBABLE, MONSIEUR LE JUGE.
SIIIILENCE !
OUH !
OUUUUUUH !!!

PARDONNEZ MES CLIENTS, ILS S'EXPRIMENT ENCORE SOUS LE CHOC... MAIS LEUR INVENTION AVAIT ÉTÉ UTILISÉE PENDANT DES MILLIERS DE SÉANCES SANS AUCUN SOUCI !
CE N'EST PAS L'OUTIL OU LES GENS QUI L'ONT CONÇU QUI DOIVENT ÊTRE BLÂMÉS, MAIS LA MAIN DE CEUX QUI L'ONT ACTIONNÉ !
BEN VOYONS, C'EST UN PEU FACILE DE TOUT METTRE SUR LE DOS DE CES PAUVRES PROJECTIONNISTES !
UN TRISTE ACCIDENT. POUR PROUVER LEUR BONNE FOI, LES LUMIÈRE SONT PRÊTS À RENONCER À LEURS CONCESSIONS.
VRAIMENT ? VOUS LAISSERIEZ DE CÔTÉ TOUT CET ARGENT ?
NOUS AVONS INVENTÉ UN APPAREIL, NOUS L'AVONS FABRIQUÉ. NOUS NE POUVIONS SONGER À NOUS IMPROVISER IMPRÉSARIOS, ÉDITEURS DE FILMS, DIRECTEURS DE THÉÂTRE... NOUS SOMMES DES INDUSTRIELS. NOUS NE POUVIONS ÊTRE TOUT À LA FOIS !
C'EST TERMINÉ.
CE PROCÈS EST UNE MASCARADE !
ON VEUT ENTERRER CE NOUVEAU MOYEN D'EXPRESSION, COMME LES LOIS SCÉLÉRATES ONT VOULU FAIRE TAIRE LES JOURNALISTES !
PATHÉ A RAISON, ON NE PEUT PAS CONDAMNER LE PROGRÈS À CAUSE D'UNE SEULE ERREUR HUMAINE.
À MORT !
DÉMONS !!!
SILENCE !
COUPABLE !
INTERDISEZ LES PROJECTIONS !
TOUT EST DE VOTRE FAUTE !
SILENCE !

IL Y A TOUJOURS UNE NÉGLIGENCE HUMAINE DERRIÈRE UNE MACHINE MAL EMPLOYÉE. ET SI LES LUMIÈRE RECONNAISSENT LEURS FAUTES, D'AUTRES SERONT MOINS AVISÉS...
J'APPELLE À LA BARRE EN TANT QUE TÉMOIN MONSIEUR FERNAND VERRIN.
QU'EST-CE QUE CE SALOPARD VA...
CALMEZ-VOUS, TOUT VA BIEN, ALICE.
MONSIEUR VERRIN, VOUS ÊTES UN SURVIVANT DE L'INCENDIE, MAIS ÉGALEMENT JOURNALISTE AU *FIGARO*. VOUS AVEZ MENÉ VOTRE PROPRE ENQUÊTE SUR LE CINÉMATOGRAPHE UTILISÉ AU BAZAR. QU'EN AVEZ-VOUS CONCLU ?
MERCI DE ME DONNER LA PAROLE, MONSIEUR LE PROCUREUR. C'EST SIMPLE : LE PROJECTEUR UTILISÉ AU BAZAR FONCTIONNAIT AVEC UNE LAMPE À ÉTHER QUI DÉGAGEAIT DES VAPEURS EXTRÊMEMENT INFLAMMABLES.
C'EST CET OBJET, ET LUI SEUL, QUI EST À L'ORIGINE DU DÉPART DE FEU.
OR, CETTE LAMPE AVAIT ÉTÉ FOURNIE SPÉCIALEMENT PAR LES USINES DE LÉON GAUMONT.
COMMENT UN INGÉNIEUR DE SA RENOMMÉE NE POUVAIT-IL PAS PRÉVOIR UN TEL PROBLÈME DE CONCEPTION ?
JE L'ADMETS, MA LAMPE À ÉTHER A SANS DOUTE PROVOQUÉ LA PREMIÈRE ÉTINCELLE.

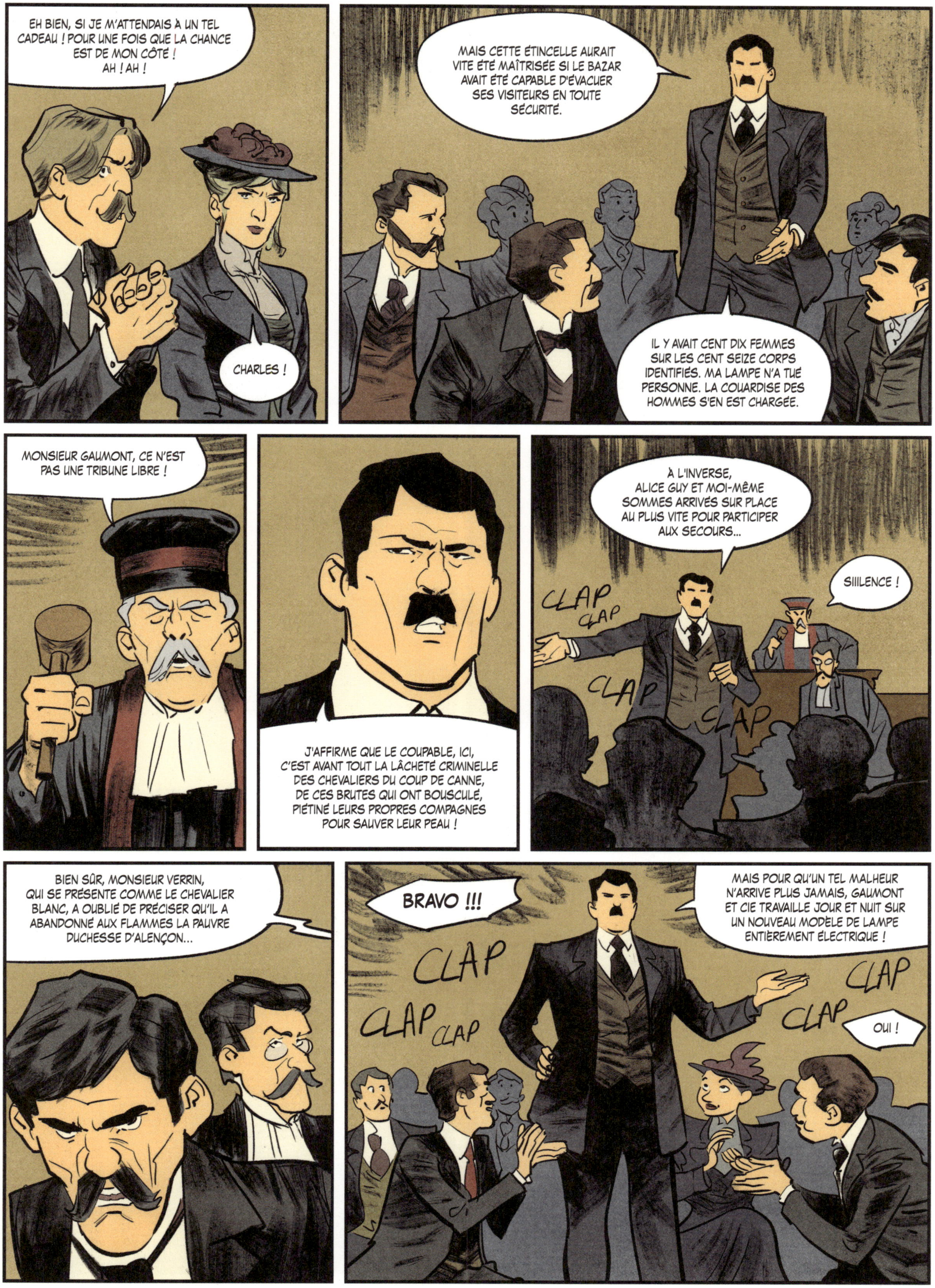
EH BIEN, SI JE M'ATTENDAIS À UN TEL CADEAU ! POUR UNE FOIS QUE LA CHANCE EST DE MON CÔTÉ ! AH ! AH !
CHARLES !
MAIS CETTE ÉTINCELLE AURAIT VITE ÉTÉ MAÎTRISÉE SI LE BAZAR AVAIT ÉTÉ CAPABLE D'ÉVACUER SES VISITEURS EN TOUTE SÉCURITÉ.
IL Y AVAIT CENT DIX FEMMES SUR LES CENT SEIZE CORPS IDENTIFIÉS. MA LAMPE N'A TUÉ PERSONNE. LA COUARDISE DES HOMMES S'EN EST CHARGÉE.
MONSIEUR GAUMONT, CE N'EST PAS UNE TRIBUNE LIBRE !
J'AFFIRME QUE LE COUPABLE, ICI, C'EST AVANT TOUT LA LÂCHETÉ CRIMINELLE DES CHEVALIERS DU COUP DE CANNE, DE CES BRUTES QUI ONT BOUSCULÉ, PIÉTINÉ LEURS PROPRES COMPAGNES POUR SAUVER LEUR PEAU !
À L'INVERSE, ALICE GUY ET MOI-MÊME SOMMES ARRIVÉS SUR PLACE AU PLUS VITE POUR PARTICIPER AUX SECOURS...
CLAP CLAP
SIIILENCE !
CLAP
CLAP
BIEN SÛR, MONSIEUR VERRIN, QUI SE PRÉSENTE COMME LE CHEVALIER BLANC, A OUBLIÉ DE PRÉCISER QU'IL A ABANDONNÉ AUX FLAMMES LA PAUVRE DUCHESSE D'ALENÇON...
BRAVO !!!
MAIS POUR QU'UN TEL MALHEUR N'ARRIVE PLUS JAMAIS, GAUMONT ET CIE TRAVAILLE JOUR ET NUIT SUR UN NOUVEAU MODÈLE DE LAMPE ENTIÈREMENT ÉLECTRIQUE !
CLAP
CLAP CLAP
CLAP
CLAP
OUI !

GRENIER, ATTENDEZ !
JE N'AI RIEN À DIRE, ET SURTOUT PAS À VOUS, GAUMONT.
ALLONS, ÇA AURAIT PU ÊTRE BIEN PIRE COMME VERDICT.
LES PROJECTIONS NE SERONT PAS INTERDITES BIEN LONGTEMPS...
PARLEZ POUR VOUS ! VOTRE PETIT DISCOURS VOUS A PEUT-ÊTRE SAUVÉ DES BARREAUX, MAIS LE RÉSULTAT EST LÀ : MES CABINES DE PROJECTION DEVRONT ÊTRE IGNIFUGÉES ET LES LAMPES ÉTHÉRIQUES INTERDITES...
VOUS AVEZ LA MOINDRE IDÉE DE CE QUE ÇA VA ME COÛTER DE CHANGER TOUT ÇA ? SANS PARLER DES MOIS D'INACTIVITÉ... JE SUIS RUINÉ !
DISTRIBUEZ MES FILMS, GRENIER, VOS AFFAIRES REPRENDRONT TRÈS VITE. JE VOUS FOURNIRAI DES LAMPES ÉLECTRIQUES, JE VOUS AIDERAI FINANCIÈREMENT...
UTILISER LES FEMMES POUR MASQUER VOTRE IMPLICATION NE VOUS A PAS SUFFI, VOUS ESSAYEZ DE ME VOLER MON PARTENAIRE, MAINTENANT ?

VOTRE AMI DU *FIGARO* AVAIT PEUT-ÊTRE RAISON QUAND IL PARLAIT DE « MACHINE DU DIABLE »...
NOTEZ BIEN QUE SEULS LES APPAREILS DE GAUMONT SONT CONCERNÉS.
LES PROJECTEURS PATHÉ N'ONT JAMAIS EU LE MOINDRE SOUCI, EUX.
D'AILLEURS, DE NOUVEAUX MODÈLES...
... CONFORMES AUX EXIGENCES DE SÉCURITÉ DU TRIBUNAL, SERONT DISPONIBLES DANS MA BOUTIQUE D'ICI QUELQUES SEMAINES.
DITES-NOUS EN PLUS, PATHÉ. DES DATES !
OUI, DES DATES !
NE GÂCHEZ PAS TOUT, PAS MAINTENANT, LÉON. VOUS AVEZ ÉTÉ BRILLANT, AUJOURD'HUI.
SI LE COMPTOIR EST DANS LE BESOIN, JE PEUX FAIRE MES FONDS DE TIROIR POUR VOUS VENDRE QUELQUES VIEILLERIES...
TU N'AURAIS PAS DÛ, CHARLES. CE TYPE EST UN LOUP QU'IL NE VAUT MIEUX PAS TROP PROVOQUER.
EN AFFAIRES, CHÉRIE, IL FAUT TOUJOURS ACHEVER LE VIEUX LOUP TANT QU'IL EST BLESSÉ.

MERCI DE ME RACCOMPAGNER, VOUS N'ÉTIEZ PAS OBLIGÉ. JE PEUX SURVIVRE À UN ORAGE.
VOUS ÊTES CORIACE, ALICE, MAIS AVEC CE DINGUE DE VERRIN DANS LE COIN, AUTANT NE PAS PRENDRE DE RISQUES.
RESTE QUE, GRÂCE À LUI, VOUS PASSEZ DÉSORMAIS POUR UN HÉROS.
VOUS AVIEZ TOUT PRÉVU ?
ÇA FAIT DES MOIS QUE VERRIN FAIT TOUT POUR DÉTRUIRE CE QUE NOUS AVONS BÂTI.
JE N'AI PAS HONTE DE ME SERVIR D'UN ILLUMINÉ PAREIL.
VOUS AIMEZ BIEN UTILISER LES GENS, N'EST-CE PAS ?
EST-CE QUE CE SERA PAREIL AVEC MOI ?
J'UTILISE DES GENS COMME GRENIER PARCE QUE JE DOIS PRENDRE LA DISTRIBUTION À PATHÉ.
J'UTILISE DES GENS COMME VERRIN PARCE QUE CE SONT DES PLEUTRES QUI MENACENT NOTRE FUTUR.
OUI, JE SUIS PRÊT À UTILISER BEAUCOUP DE MONDE POUR RÉUSSIR.
MAIS VOUS, VOUS ÊTES LÀ PARCE QUE VOUS AVEZ DU TALENT, ET JE VOUS LAISSE UTILISER MA SOCIÉTÉ POUR LE PROUVER.

BON, IL EST TEMPS DE VOUS AUGMENTER.
MA RÉALISATRICE NE PEUT PAS VIVRE DANS UN TAUDIS.
« VOTRE » RÉALISATRICE AIME BIEN ÊTRE AU CONTACT DU MILIEU POPULAIRE, C'EST UNE BONNE SOURCE D'INSPIRATION.
MAIS JE NE SERAIS PAS CONTRE UN MEILLEUR SALAIRE.
VOUS L'AUREZ.
ENSEMBLE, NOUS ALLONS GRAVIR DES MONTAGNES.
RIEN NE POURRA NOUS ARRÊTER SI NOUS RESTONS SOUDÉS, ALICE.
JE SERAI TOUJOURS À VOS CÔTÉS, LÉON.
GRÂCE À VOUS, JE PEUX ACCOMPLIR DES CHOSES DONT JE N'OSAIS PAS RÊVER.
PROMETTEZ-MOI SIMPLEMENT DE NE JAMAIS ME MENTIR ET DE TOUJOURS MENER NOTRE COMBAT HONNÊTEMENT.
JE VOUS LE PROMETS.
PAS BESOIN DE TRICHER POUR FAIRE DE MEILLEURS FILMS QUE PATHÉ !

PLACE DE L'OPÉRA, QUELQUES MOIS PLUS TARD.
ALLEZ, VIENS UN PEU PLUS PAR LÀ...
VOILÀ, C'EST PARFAIT.
ET C'EST DANS LA BOÎ...
QU'EST-CE QUE...
BON SANG DE FOUTUE...
AH !
MAIS...
ET MERDE...

THÉÂTRE ROBERT HOUDIN, LE LENDEMAIN.
ALORS, MÉLIÈS, TOUT ÇA POUR RIEN, FINALEMENT ?
ON N'AVAIT PAS CE GENRE DE SOUCIS AVEC LE THÉÂTRE.
MERCI, ÇA M'AIDE BEAUCOUP.
TOUT SE SERAIT BIEN DÉROULÉ SI CETTE FOUTUE MANIVELLE NE S'ÉTAIT PAS BLOQUÉE.
T'AURAIS DÛ ME FILMER MOI, PLUTÔT QU'UN OMNIBUS SANS INTÉRÊT.
JE SUIS COINCÉ AVEC LE THÉÂTRE, JE N'ARRIVE PLUS À INNOVER.
BREF, VOYONS L'ÉTENDUE DES DÉGÂTS...
HUM, ON DIRAIT QUE TA MANIVELLE CASSÉE A TRANSFORMÉ UN BUS EN CORBILLARD, COMME PAR MAGIE.
OUI, C'EST EXACTEMENT ÇA, JEHANNE, DE LA MAGIE !

PATHÉ FRÈRES EST FIER DE VOUS PRÉSENTER SON NOUVEAU CINÉMATOGRAPHE !
PROJECTION, ENREGISTREMENT DE SCÈNES ANIMÉES, ON PEUT MÊME PRENDRE PLUSIEURS VUES SANS RETOURNER AU LABORATOIRE GRÂCE À UN SYSTÈME DE BOÎTES-MAGASINS INTERCHANGEABLES.
PATHÉ
POUR UNE SÉCURITÉ OPTIMALE, NOS CINÉMATOGRAPHES SONT ÉQUIPÉS DE LAMPES ÉLECTRIQUES.
QUI SONT D'AILLEURS DE BIEN MEILLEURE QUALITÉ QUE CELLES DU COMPTOIR DE LA PHOTOGRAPHIE !
ARRÊTEZ DE HURLER, PERSONNE NE VEUT DE VOTRE MACHINE DÉMONIAQUE !
ET MOI JE NE VEUX RIEN VENDRE À DES TROUS DU CUL INCULTES !
ÉMILE, S'IL TE PLAÎT, FAUT LE RAISONNER.
JE SAIS...

CHARLES... INSULTER LES CLIENTS N'EST PAS UNE BONNE TECHNIQUE COMMERCIALE.
JE PENSAIS QUE LA LIMITATION DES PROJECTIONS PUBLIQUES SERAIT UNE AUBAINE POUR VENDRE PLUS D'APPAREILS PRIVÉS...
MAIS RIEN À FAIRE, CE FOUTU PROCÈS A FAIT DE NOUS DES PESTIFÉRÉS.
ET SI ON REVENAIT À LA DISTRIBUTION DE FILMS ? AVEC CES NOUVELLES LAMPES, L'INTERDICTION DU TRIBUNAL NE SERA BIENTÔT PLUS UN SOUCI. D'AILLEURS, GAUMONT S'Y EST DÉJÀ REMIS.
J'ESSAYE DEPUIS UN MOMENT...
MAIS GRENIER M'ÉVITE. JE SUIS CERTAIN QUE CE TRAÎTRE TRAVAILLE POUR GAUMONT DERRIÈRE NOTRE DOS.
ARRÊTE LA PARANO. GAUMONT EST UN INDUSTRIEL COMME UN AUTRE, IL N'EST PAS RESPONSABLE DE TOUTES NOS ERREURS.
PAS TOUT À FAIT... GAUMONT EST BIEN LE CENTRE DU PROBLÈME, PUISQUE MON CHER MARI EN A FAIT UNE AFFAIRE PERSONNELLE.
TOUJOURS LA MÊME CHOSE AVEC VOUS AUTRES, UNE HISTOIRE D'EGO TRÈS MAL PLACÉ.
PEUT-ÊTRE QUE MA CHÈRE FEMME A UNE IDÉE BRILLANTE POUR NOUS ÉVITER LA RUINE ?
JE POURRAIS ME REMETTRE À L'IMPORTATION D'OISEAUX RARES ?
NON, CHARLES, CETTE FOIS-CI, TU IRAS JUSQU'AU BOUT. SI TU TIENS TANT À SURPASSER GAUMONT, BATS-LE SUR SON TERRAIN : PRODUIS DES FILMS, ENCORE ET ENCORE. TU DISAIS TOI-MÊME QUE C'EST L'AVENIR...
ET COMMENT JE RÉALISE CE MIRACLE ? ON RECRUTE ALICE GUY ?
MÉLIÈS ME SEMBLE MOINS RISQUÉ.
LE MAGICIEN ?
DEPUIS QUAND IL SAIT FAIRE DES FILMS, LUI ? MÉLIÈS SE CONTENTE DE COPIER LES LUMIÈRE.
CROIS-MOI, LE PUBLIC VA SE LASSER DE VOIR DES TRAINS ENTRER DANS DES GARES.
TU AS VU CE QU'IL A CONSTRUIT À MONTREUIL ? CE TYPE EST UN VISIONNAIRE !

PORTE DE MONTREUIL, LE JOUR SUIVANT.
QU'EST-CE QUE C'EST QUE CETTE FOIRE ?
IL S'PREND PAS POUR DE LA MERDE, CE MÉLIÈS !
G. MELIES
STAR FILM
PARIS
PARDON.
JE SUIS ATTENDU...

BIENVENUE CHEZ STAR FILM, MONSIEUR PATHÉ.
JE SUIS À VOUS DANS UNE MINUTE.
C'EST UN PLAISIR DE POUVOIR ENFIN PARLER AFFAIRES ENSEMBLE.
JE VOUS FAIS VISITER ?
AVEC PLAISIR, MÉLIÈS.
DITES, CETTE FOULE À L'EXTÉRIEUR... VOUS ALLEZ OUVRIR UN CIRQUE ?
OH, RIEN DE TOUT CELA. JE CHERCHE DES FIGURANTS POUR UN FILM SUR CLÉOPÂTRE.
DANS QUELQUES JOURS, NOUS SERONS PLONGÉS ICI DANS UNE RÉPLIQUE FIDÈLE DE L'ÉGYPTE ANCIENNE !

JE ME SUIS INSPIRÉ DE MON THÉÂTRE ROBERT HOUDIN POUR BÂTIR CE STUDIO : ORIENTATION NORD-SUD POUR CAPTER PLUS DE LUMIÈRE...
UNE SCÈNE DE 17 MÈTRES DE LONGUEUR SUR 7 MÈTRES DE LARGEUR ET 6 DE HAUTEUR.
IMPRESSIONNANT.
SI JE PEUX ME PERMETTRE, ON VOUS CONNAÎT SURTOUT POUR DES FILMS DOCUMENTAIRES TOURNÉS EN EXTÉRIEUR.
TOUT À FAIT, ET C'ÉTAIT UN CHAUCHEMAR. ICI, JE PEUX LAISSER LIBRE COURS À MON IMAGINATION SANS LA MOINDRE CONTRAINTE TECHNIQUE.
ON PEUT FABRIQUER TOUS LES DÉCORS DE LA VIE COURANTE ET LES MODIFIER À VOLONTÉ POUR UN COÛT TRÈS BAS.
EN Y AJOUTANT QUELQUES FIGURANTS, L'ILLUSION EST PARFAITE : AUCUNE DIFFÉRENCE AVEC LA RÉALITÉ !
MAIS CELA REVIENT À FAIRE DU THÉÂTRE, NON ? VOUS DEVEZ PAYER DES COMÉDIENS, CRÉER DES PAYSAGES, ALORS QUE, DEHORS, VOUS POURRIEZ TOURNER LA MÊME CHOSE GRATUITEMENT.
AH ! AH ! AH ! JUSTEMENT, ON NE PEUT JAMAIS SE CONTENTER DE FAIRE « LA MÊME CHOSE ».
VOUS VOULEZ VOIR L'AVENIR ?

JE MISE TOUT SUR LES TRUCAGES : ILS COÛTENT BIEN MOINS CHERS DANS UN FILM QUE MES TOURS DE PRESTIDIGITATION AU THÉÂTRE.
L'IDÉE VOUS EST VENUE COMME PAR MAGIE ?
EH BIEN, FIGUREZ-VOUS QUE C'EST EXACTEMENT ÇA.
JE CONSOMMAIS DE L'OPIUM AU BORDEL...
QUAND J'AI EU LA VISION D'UNE FUSÉE QUI PERCUTE L'ŒIL DE LA LUNE.
D'AILLEURS, JE PENSE RÉALISER UN FILM INSPIRÉ DE CETTE EXPÉRIENCE...
AH... TOUT S'EXPLIQUE.
IL Y A TROIS POSSIBILITÉS DE TRUCAGE : LES APPARITIONS D'OBJETS OU DE PERSONNAGES, LES DISPARITIONS, ET, PLUS EXPRESSIVES ENCORE, LES SUBSTITUTIONS D'OBJETS OU DE PERSONNAGES.
POUR ILLUSTRER AU MIEUX MON PROPOS, LAISSEZ-MOI VOUS PROJETER MON DERNIER FILM : *UN HOMME DE TÊTES !*
J'AI HÂTE...

UN MUR NOIR ET DEUX TABLES ? J'AURAIS PU FAIRE ÇA DANS MON SALON.
PAR TOUS LES SAINTS !
QUELLE EST CETTE SORCELLERIE ?
AH ! AH ! AH !
OH, J'UTILISE SIMPLEMENT LA RÉSERVE DANS LE NOIR ET DES SELS D'ARGENT POUR RÉALISER UNE SURIMPRESSION.
C'EST MON TRUCAGE LE PLUS BASIQUE, ON PEUT POUSSER LA « MAGIE » ENCORE PLUS LOIN.
VOUS ÊTES UN GÉNIE, MONSIEUR ! IL EST GRAND TEMPS DE PARLER AFFAIRES.

SI JE RÉSUME BIEN, MÉLIÈS, VOUS VENDEZ VOS FILMS ? PAS DE LOCATION ?
ET LA DISTRIBUTION ?
JE N'AI PAS DE DISTRIBUTEUR, C'EST BIEN POUR ÇA QUE JE VOUDRAIS PASSER PAR VOUS ET VOS AMIS FORAINS... VOUS TOUCHERIEZ UN GROS PACTOLE.
EN TERMES DE RENTABILITÉ, VOUS VOUS EN SORTEZ ? L'ÉGYPTE, C'EST AUTRE CHOSE QUE DEUX TABLES ET UN FOND NOIR...
C'EST UN BUDGET, OUI. LA QUALITÉ A UN PRIX.
ET ATTENDEZ DE VOIR *LE VOYAGE DANS LA LUNE*, IL DÉPASSERA LES 5 000 FRANCS !
HUM... ON POURRAIT EFFECTIVEMENT COLLABORER, MAIS JE DOIS COMPRENDRE CE QUE JE VAIS VENDRE.
FAUDRAIT M'EN DIRE PLUS, PAR EXEMPLE, SUR CETTE FANTASTIQUE CAMÉRA 35 MM...
JE CROYAIS QUE LES LUMIÈRE AVAIENT REFUSÉ DE VOUS CÉDER LA LEUR ?
VOUS AVEZ L'ŒIL.
VOICI LE THEATOGRAPH N° 2 MARK I, LE PROJECTEUR DE MON AMI ANGLAIS ROBERT WILLIAM PAUL, QUE J'AI MOI-MÊME BIDOUILLÉ POUR EN FAIRE UNE CAMÉRA.
J'UTILISE LA PELLICULE DE 35 MM À QUATRE PAIRES DE PERFORATIONS D'EDISON, POUR QUE MES FILMS PUISSENT ÊTRE DIFFUSÉS PAR UN MAXIMUM DE MACHINES.
MALIN, TRÈS MALIN, MÉLIÈS...
ALORS, JE PEUX M'APPUYER SUR VOTRE RÉSEAU ?
JE VOUS PROMETS D'Y RÉFLÉCHIR TRÈS SÉRIEUSEMENT.

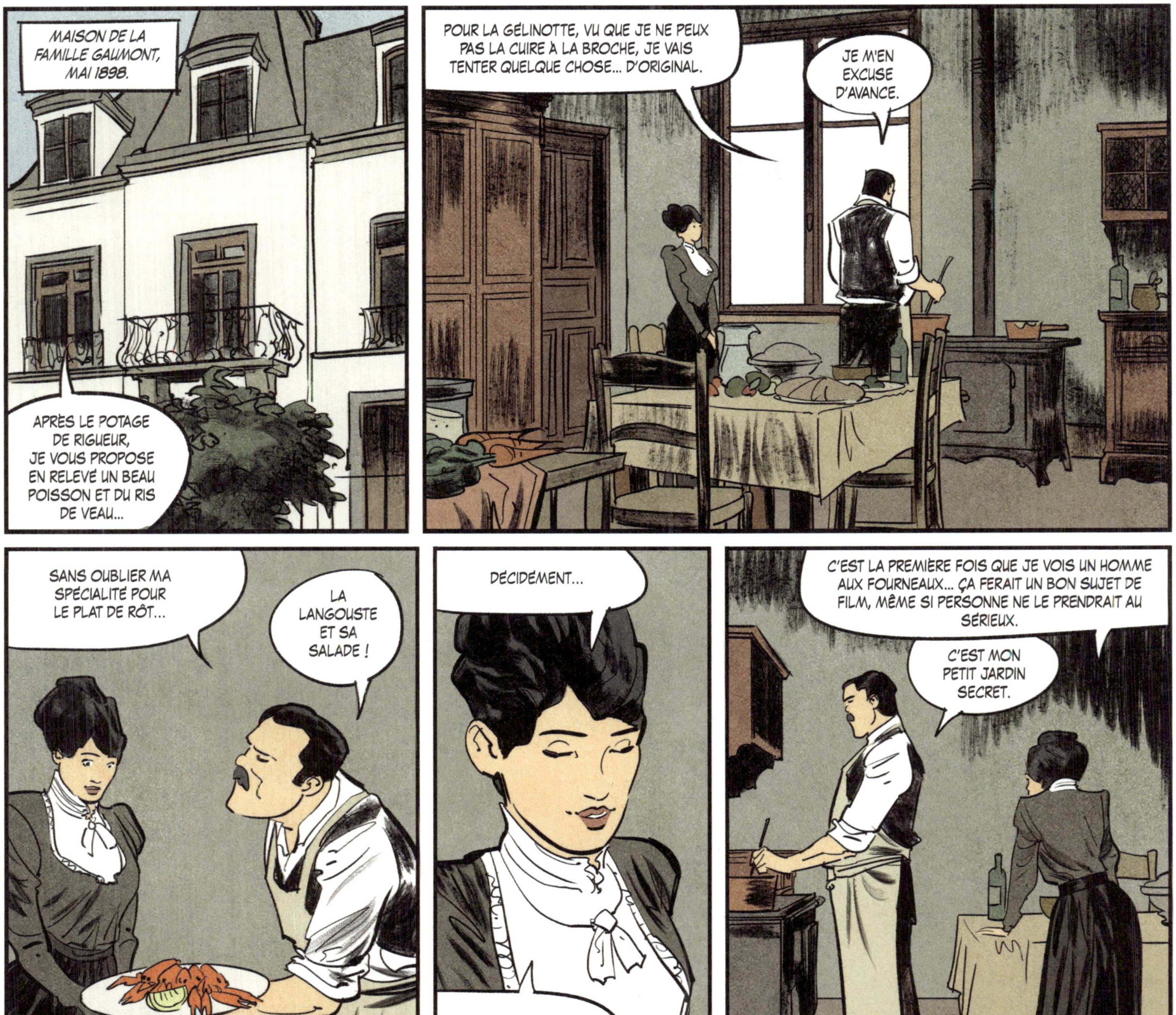
MAISON DE LA FAMILLE GAUMONT, MAI 1898.
APRÈS LE POTAGE DE RIGUEUR, JE VOUS PROPOSE EN RELEVÉ UN BEAU POISSON ET DU RIS DE VEAU...
POUR LA GÉLINOTTE, VU QUE JE NE PEUX PAS LA CUIRE À LA BROCHE, JE VAIS TENTER QUELQUE CHOSE... D'ORIGINAL.
JE M'EN EXCUSE D'AVANCE.
SANS OUBLIER MA SPÉCIALITÉ POUR LE PLAT DE RÔT...
LA LANGOUSTE ET SA SALADE !
DÉCIDÉMENT...
VOUS ÊTES UN HOMME PLEIN DE RESSOURCES.
C'EST LA PREMIÈRE FOIS QUE JE VOIS UN HOMME AUX FOURNEAUX... ÇA FERAIT UN BON SUJET DE FILM, MÊME SI PERSONNE NE LE PRENDRAIT AU SÉRIEUX.
C'EST MON PETIT JARDIN SECRET.
MA MÈRE ÉTAIT FEMME DE CHAMBRE ET MON PÈRE, COCHER...
J'AI DÛ APPRENDRE À CUISINER PAR MOI-MÊME AVANT DE POUVOIR PAYER DES DOMESTIQUES.
MAIS JE MANQUE D'EXERCICE. C'ÉTAIT L'OCCASION, NON ?
CERTES, JE NE VAIS PAS ME PLAINDRE, MAIS OÙ SONT VOTRE FEMME ET LES ENFANTS, LÉON ?
CE DÉJEUNER EN TÊTE-À-TÊTE... NOUS DEVIONS PARLER DE MES PROJETS...

MAIS C'EST LE CAS, CHÈRE COLLABORATRICE : NOUS FÊTONS NOTRE RÉUSSITE.
VOS FILMS ONT UN SUCCÈS SANS PRÉCÉDENT CHEZ GRENIER ET SES FORAINS.
POP!
ENCORE MERCI, JE SAIS APPRÉCIER MA CHANCE.
DE RIEN, JE VOUS AVAIS PROMIS QUE NOUS IRIONS LOIN ENSEMBLE.
ET NOUS POURRIONS FAIRE ENCORE PLUS. VOUS AVEZ RÉFLÉCHI À MON FILM SUR LA VIE DU CHRIST ?
UNE MAGNIFIQUE HISTOIRE. ENCORE BRAVO...
MALHEUREUSEMENT, DES CENTAINES DE FIGURANTS COÛTERAIENT UNE FORTUNE, SANS PARLER DES SÉQUENCES EN EXTÉRIEUR. RESTONS POUR L'INSTANT SUR DES PETITES SCÈNES FRIVOLES.
LE PUBLIC VA S'EN LASSER. PENDANT CE TEMPS, MÉLIÈS PREND DE L'AVANCE AVEC SES TRUCAGES. LES AMÉRICAINS VONT SUIVRE, ET, BIENTÔT, NOUS SERONS DÉPASSÉS. C'EST MAINTENANT QU'IL FAUT ENVISAGER DES FILMS D'ENVERGURE, AVEC UNE HISTOIRE, UNE VISION...
ALICE, COMPRENEZ BIEN QUE JE NE PEUX PAS TOUT MISER SUR L'INTUITION D'UNE JEUNE FEMME DE 25 ANS, AUSSI CHARMANTE SOIT-ELLE.
SI NOUS PASSIONS À TABLE ?

JE SUIS HABITUÉ AUX SURPRISES DE CHARLES, MAIS JE DOIS DIRE QUE JE L'AI RAREMENT VU AUSSI ENTHOUSIASTE...
ON PEUT S'ATTENDRE À TOUT AVEC UN MARI QUI A UNE NOUVELLE IDÉE DE GÉNIE CHAQUE JOUR.
QUI SAIT ? PEUT-ÊTRE UN RESTAURANT, CETTE FOIS-CI...
NE SOIS PAS SI DURE AVEC LUI, MARIE, LE PROCÈS DU BAZAR A FAIT BEAUCOUP DE MAL À NOTRE AFFAIRE.
JE NE LUI AI JAMAIS REPROCHÉ LES MAUVAIS COUPS DU SORT, JUSTE DE BAISSER LES BRAS TROP VITE.
AU MOINS, C'EST DANS UN QUARTIER QUE NOUS CONNAISSONS BIEN !
EXCUSE-MOI, ÉMILE, TU DISAIS ?
MAIS C'EST...

LE POLYGONE !
IL A RACHETÉ VOTRE ANCIEN CAFÉ ?!!
HEUREUSE QU'IL N'Y AIT PAS QUE MOI QUE CELA SURPREND.
MAIS VOUS N'AVIEZ PAS TOUT REVENDU POUR REMBOURSER VOS DETTES ?
C'EST CE QUE JE CROYAIS...
PEUT-ÊTRE QUE NOTRE BALANÇOIRE LUI MANQUAIT ?
MAIS ? QU'EST-CE QUE...
BON... C'EST ENCORE PIRE QUE CE QUE JE CRAIGNAIS.

BIENVENUE DANS LE STUDIO DES FRÈRES PATHÉ !
ÇA, UN... STUDIO ?
BIEN SÛR !
CERTES, FAUT SE PROJETER UN PEU, MAIS UNE FOIS LES TRAVAUX FINIS, CE BISTROT DEVIENDRA LE MEILLEUR STUDIO DE PRISE DE VUES DE TOUTE LA RÉGION PARISIENNE.
J'AI VISITÉ LES LOCAUX DE MÉLIÈS ET ÇA M'A OUVERT LES YEUX : LA GUERRE VA SE JOUER SUR NOTRE CAPACITÉ À PRODUIRE PLUS DE FILMS QUE TOUS LES AUTRES RÉUNIS !
ET TU N'AS PAS TROUVÉ MIEUX QUE CE DÉPOTOIR ? C'ÉTAIT DÉJÀ PAS UN GROS SUCCÈS EN TANT QUE CAFÉ...
JUSTEMENT, J'AI PU LE RACHETER POUR UNE BOUCHÉE DE PAIN AUX HUISSIERS. ILS NE SE SONT PAS FAIT PRIER POUR S'EN DÉBARRASSER, VU L'ÉTAT DANS LEQUEL JE LEUR AVAIS LAISSÉ...
CHARLES, UN LIEU NE FAIT PAS TOUT...
QUI VA RÉALISER NOS FILMS ?
ME CROIS-TU MOINS DOUÉ QUE MÉLIÈS ?
JE VAIS TOURNER ET JOUER MOI-MÊME, ÉVIDEMMENT !

AH ! AH ! AH !
VOUS VERRIEZ VOS TÊTES !
VENEZ.
JE VAIS VOUS PRÉSENTER NOTRE FUTURE « ALICE GUY ».
VOILÀ !
LE GRAND, L'UNIQUE, LE GÉNIALISSIME...
FERDINAND ZECCA !
MONSIEUR ZECCA A ÉTÉ TOUR À TOUR MUSICIEN, CHEF DE FABRICATION ET DÉSORMAIS... RÉALISATEUR !
ALORS, ZECCA, CETTE SÉANCE ?
MESSIEURS, MADAME, MERCI DE VOTRE PRÉSENCE À LA TOUTE PREMIÈRE PROJECTION DU *MUET MÉLOMANE.*
MAIS... C'EST LE FERDINAND QUI A ENREGISTRÉ DES VOIX POUR NOS PHONOGRAPHES ?! IL EST PAS RÉALISA...
ADMIREZ NOTRE PREMIER FILM « SONORE » RÉALISÉ PAR FERDINAND...
AVEC DE LA PELLICULE 35 MM À QUATRE PAIRES DE PERFORATIONS, S'IL VOUS PLAÎT !
DÉJÀ UN CHEF-D'ŒUVRE.

PLACE DE LA NATION,
FOIRE AUX PAINS D'ÉPICES,
PÂQUES 1899.
QUEL TRIOMPHE !
VOUS ÊTES INCROYABLE, GAUMONT.
JE NE PENSAIS PAS QUE LE TRIBUNAL CÉDERAIT AUSSI FACILEMENT...
VOUS AVEZ SAUVÉ MON THÉÂTRE.
JE VOUS AVAIS DIT QU'IL FALLAIT PARIER SUR UN VÉRITABLE INGÉNIEUR, PAS UN PARVENU COMME PATHÉ...
CINÉMATOGRAPHE
THEATRE ELECTRIQUE GRENIER
VOTRE SCÈNE D'ESCAMOTAGE FAIT FUREUR, ON DIRAIT PRESQUE DU MÉLIÈS.
MERCI INFINIMENT, MADAME GUY.
UNE DATE POUR VOS PROCHAINES LIVRAISONS ?
MES « LIVRAISONS » ?
MES FILMS NE SONT PAS DES PRODUITS, MONSIEUR GRENIER.
MAIS AU FOND, PEU IMPORTE, DU MOMENT QUE J'AMUSE LA GALERIE, N'EST-CE PAS ?
EH BIEN, C'EST-À-DIRE QUE...
EUH...

C'ÉTAIT PLUS FORT QUE VOUS, HEIN ?
NE VOUS ADRESSEZ PLUS JAMAIS DE LA SORTE À MES PARTENAIRES.
EH BIEN, CERTAINS « PARTENAIRES » NE VOUS RENDENT PAS SERVICE. GRENIER POURRAIT PROJETER N'IMPORTE QUOI DANS SON THÉÂTRE, LES GENS SE BOUSCULERAIENT...
ILS RÉCLAMENT DES COPIES INSIPIDES « FAÇON LUMIÈRE » OU DES TRUCAGES « À LA MÉLIÈS ». DU VIDE ARTISTIQUE POUR LES CONFORTER DANS CE QU'ILS CONNAISSENT DÉJÀ.
NOUS VALONS MIEUX QUE ÇA !
VENEZ.
CE SERA PLUS PARLANT...
PATHE FRERES
A VENDRE
PATHÉ VIENT DE FERMER DÉFINITIVEMENT SA BOUTIQUE.
FAILLITE ?
A VENDRE
A VENDR
OH QUE NON ! IL A PRÉFÉRÉ CONSTRUIRE DES STUDIOS POUR Y TOURNER SES PROPRES « COPIES INSIPIDES ».
ET VOUS SAVEZ QUOI ? ÇA MARCHE.
À CE RYTHME-LÀ, ON SERA BIENTÔT COMPLÈTEMENT LARGUÉS.
ALORS C'EST MON DERNIER AVERTISSEMENT, MADAME LA RÉALISATRICE : METTEZ DE CÔTÉ VOTRE FOUTU ORGUEIL ET PONDEZ-MOI DU SUPERFICIEL !

SEPTEMBRE 1899.
POURQUOI CHANGER DE FORMULE ?
BAM
ÇA MARCHE TRÈS BIEN DE COPIER MÉLIÈS, NON ?
ZECCA, POUR UNE FOIS QUE MES IDÉES NE FINISSENT PAS DANS LE CANIVEAU, JE VEUX EN PROFITER !
MONSIEUR PATHÉ, MÉLIÈS CONTINUE DE CONCEVOIR SES FILMS COMME DES SPECTACLES, DES PIÈCES DE THÉÂTRE FILMÉES SUR UN SEUL PLAN..
DE MON CÔTÉ, J'AI PU ANALYSER LE TRAVAIL DES ANGLO-SAXONS QUI DÉCOUPENT LEURS TOURNAGES EN PLUSIEURS PLANS, ET...
J'AI RIEN COMPRIS.
J'AI UN PROJET... DE FILM... UN PEU VOYEURISTE. AVEC DES PLANS SUBJECTIFS... UNE PETITE RÉVOLUTION QUI POURRAIT RAPPORTER BEAUCOUP D'ARGENT... IL ME FAUDRAIT JUSTE UN STUDIO PLUS GRAND QUE VOTRE POLYGONE, ET...
STU... DIO ?
FALLAIT LE DIRE PLUS TÔT !
HIPS !
JE VAIS ACHETER CE CAFÉ DE MISÉREUX ET EN FAIRE MON NOUVEAU STUDIO !

HUMPH...
HIPS !
NAVRÉ, MADAME PATHÉ, ON A EU QUELQUES ENNUIS...
JE M'EN DOUTE BIEN, FERDINAND.
BEUHHH...
TU PEUX LE DÉPOSER SUR LE FAUTEUIL DU SALON, ÇA SERA SON LIT POUR CE SOIR.
J'SUIS... DÉSO... ILS ONT REFUSÉ DE M'VENDRE LE C'FÉ DE FLORE...
CE N'ÉTAIT PAS ENTIÈREMENT DE SA FAUTE...
HIPS !
ÇA IRA, MERCI DE L'AVOIR RAMENÉ.
TU AVAIS PROMIS, CHARLES.
OUI, J'AI PROMIS...
NE T'AI-JE PAS PROMIS QU'ON SERAIT RICHES GRÂCE À NOS FILMS ? N'AI-JE PAS TENU PAROLE ?
JE NE TE PARLE PAS DE ÇA, MAIS DE TES ENFANTS, DE MOI, QUI T'ATTENDONS POUR DÎNER TOUS LES SOIRS... EN VAIN !
TOUT L'ARGENT DU MONDE NE REMPLACERA PAS TA FAMILLE.

VINS LIQUEURS
VINS LIQUEUR
VINS LIQUEURS
AH! AH! AH!
THÉÂTRE DU CHÂTELET,
SEPTEMBRE 1899.
BRAVO!
BRAVO!
BRAVO!
BRAVO!
BRAVO!
BRAVO!
BRAVO!
CLAP
BRAVO
CLAP
CLAP
CLAP
CLAP
BRAVO
CLAP
CLAP
CLAP
BRAVO
CLAP
CLAP
BRAVO

CLAP
CLAP
CLAP
BRAVO
BRAVO!
BRAVO!
CLAP
CLAP CLAP
BRAVO! BRAVO
C'EST UN TRIOMPHE, ALICE, FAITES AU MOINS SEMBLANT DE SOURIRE...
MES AMIS, MERCI D'ÊTRE VENUS CE SOIR.
DE *LA BICHE AU BOIS* À *SCÈNE D'ESCAMOTAGE*, EN PASSANT PAR CE MAGNIFIQUE *AU CABARET*, VOUS AVEZ EU UN PETIT APERÇU DES PRODUCTIONS GAUMONT.
CETTE RÉUSSITE EST D'ABORD CELLE DE MON NOUVEAU PROJECTEUR, UNE PELLICULE DE 58 MM PERFORÉE, ENTRAÎNÉE PAR DES DÉBITEURS DENTÉS ET UN SYSTÈME MAISON DE CAME BATTANTE...
SANS OUBLIER SA LAMPE À ÉTHER ÉLECTRIQUE, TOTALEMENT SÉCURISÉE.
ENFIN, JE VOUDRAIS VOUS PRÉSENTER MADEMOISELLE ALICE GUY, UNE ARTISTE CHEVRONNÉE AVEC LAQUELLE J'AI LA CHANCE DE TRAVAILLER SUR TOUS CES FILMS...
USURPATEUR !

VOUS DEVRIEZ AVOIR HONTE, VOTRE FILM N'EST QU'UNE PÂLE COPIE D'*UNE PARTIE DE CARTES* DE GEORGES MÉLIÈS !
POURQUOI S'EN ÉTONNER, APRÈS TOUT ? VOUS ÊTES UN SUIVEUR, GAUMONT, UN OPPORTUNISTE QUI NE FAIT QUE REMUER DU VIDE.
MONSIEUR VERRIN...
AU CABARET N'EST PAS UNE COPIE ! C'EST UN EXERCICE DE STYLE, COMME CELUI DE MÉLIÈS, PUISQUE *LA PARTIE DE CARTES* DES LUMIÈRE L'A PRÉCÉDÉ.
J'Y AJOUTE MÊME UN ZESTE D'HUMOUR AVEC LA DISPUTE FINALE...
UNE DIMENSION QUI DOIT SANS DOUTE VOUS ÉCHAPPER.
CE QUI M'ÉCHAPPE, JEUNE FILLE, C'EST QUE VOUS PERSISTIEZ À VOUS RIDICULISER EN TOURNANT DE TELLES FUTILITÉS.
POURQUOI NE PAS FAIRE QUELQUE CHOSE DE RESPECTABLE, COMME LA RECONSTITUTION DE L'AFFAIRE DREYFUS DE MÉLIÈS ?
IL A RAISON !
OUI !
C'EST VRAI !
VOUS M'ÔTEZ LES MOTS DE LA BOUCHE, VERRIN : PRIVILÉGIER LA QUALITÉ SUR LA QUANTITÉ, C'EST TRÈS PRÉCISÉMENT NOTRE OBJECTIF... CONTRAIREMENT AUX STUDIOS PATHÉ. JE VOULAIS D'AILLEURS PROFITER DE CETTE SOIRÉE POUR VOUS ANNONCER LE DÉBUT DU TOURNAGE DU PLUS GRAND FILM DE L'HISTOIRE ...
UNE RECONSTITUTION FIDÈLE DE LA PASSION DU CHRIST !

QU'EST-CE QUI CLOCHE AVEC VOUS ?
DITES AU MOINS MERCI, VOUS L'AVEZ VOTRE FILM HORS DE PRIX.
JE L'AI PARCE QUE VOUS N'ACCEPTEZ PAS LA COMPARAISON AVEC PATHÉ OU MÉLIÈS.
PAS GRÂCE À LA CONFIANCE QUE VOUS PLACEZ DANS MES PROJETS.
MAIS QUEL EST LE RAPPORT AVEC...
VOUS N'ÉCOUTEZ RIEN, GAUMONT !
VERRIN N'A PAS TORT, VOUS N'ÊTES QU'UN PROFITEUR.
QUI A SAUVÉ VOTRE SOCIÉTÉ DU NAUFRAGE ?
QUI A RÉALISÉ VOS FILMS ? QUI A AMÉLIORÉ VOS CAMÉRAS ?
GEORGES, NON...
QUI ?
ALICE GUY ET GEORGES DEMENŸ !
LA RÉALISATRICE IMPÉTUEUSE AVEC LE GÉNIE INCOMPRIS, HEIN ?
J'AURAIS DÛ M'EN DOUTER PLUS TÔT, MAIS ÇA EXPLIQUE BEAUCOUP DE CHOSES.
NON, VOUS VOUS FAITES DES IDÉES...
CERTES, J'AI BESOIN D'ALICE POUR TOURNER, MAIS LA CAMÉRA, JE L'AI DÉJÀ.
DEMENŸ, VOUS ÊTES VIRÉ.

500 FRANCS...
JE VIENS DE LUI CÉDER TOUS LES DROITS DE MES BREVETS POUR LA SOMME SYMBOLIQUE DE 500 FRANCS !
VOUS N'AVIEZ PAS TROP LE CHOIX, GEORGES. CETTE TENSION ENTRE VOUS ET GAUMONT... ÇA NE POUVAIT PLUS DURER.
POURQUOI NE PAS DÉMARCHER PATHÉ ? VOUS SERIEZ ACCUEILLI À BRAS OUVERTS, LES DEUX SE DÉTESTENT COMME CHIEN ET CHAT.
PFFF... PATHÉ, MÉLIÈS, GAUMONT, TOUS LES MÊMES POURRITURES. IL EST PEUT-ÊTRE TEMPS QUE JE TOURNE LA PAGE DU CINÉMA.
AU MOINS, JE POURRAI ME VANTER D'AVOIR TENU UN INSTANT LA FORTUNE ENTRE MES MAINS... SANS AVOIR PU TROP LA CONSERVER, CERTES.
AU FOND, J'AI SUIVI LE SORT DES INVENTEURS QUI N'EXPLOITENT PAS EUX-MÊMES LEURS DÉCOUVERTES.
SI L'ON VEUT ÊTRE HEUREUX ET FORTUNÉ, IL FAUT LAISSER IMAGINER LES AUTRES ET ÊTRE ASSEZ MALIN POUR PROFITER DE LEURS INVENTIONS.

VOUS ÊTES DIFFÉRENTE, ALICE.
EN Y RÉFLÉCHISSANT, VOUS AVEZ TOUJOURS ÉTÉ LÀ POUR MOI, DEPUIS NOTRE RENCONTRE... ORIGINALE.
AH ! AH ! JE DOIS VOUS AVOUER QUE J'AI SOUVENT SONGÉ À FILMER DANS CETTE MAISON CLOSE, MAIS LA NUDITÉ RESTERA SANS DOUTE TOUJOURS INTERDITE À NOTRE ART.
ET SI NOUS MONTIONS UN STUDIO ENSEMBLE... AUX ÉTATS-UNIS ?
RÉFLÉCHISSEZ, NOTRE FUTUR SE TROUVE LÀ-BAS. EN RESTANT ICI, VOUS VOUS FEREZ EXPLOITER PUIS JETER PAR GAUMONT, COMME MOI.
LÉON EST AVEUGLÉ PAR SES AMBITIONS D'ASCENSION SOCIALE, ET IL COMMET DES ERREURS... MAIS C'EST UN VISIONNAIRE.
VOUS ÊTES AMOUREUSE DE LUI, N'EST-CE PAS ?
DE LUI OU DE NOTRE COLLABORATION, ALLEZ SAVOIR... CE QUI EST CERTAIN, C'EST QUE J'AI BESOIN DE LUI POUR ATTEINDRE MON BUT.
EH BIEN ! J'AI VRAIMENT PERDU SUR TOUTE LA LIGNE...
AH ! J'AI VU L'AUTRE JOUR UNE PUBLICITÉ SUR L'ENSEIGNEMENT DE LA GYMNASTIQUE, ÇA M'A DONNÉ QUELQUES IDÉES...

CAFE DU POLYGONE VINS
CAF
BON SANG, QU'EST-CE QU'ILS FABRIQUENT, ICI ?
PLUTÔT SOMMAIRE COMME DÉCOR...
RESTEZ PAS LÀ, M'SIEUR, ON DOIT JOUER NOTRE SCÈNE !
OH ! PARDON...
PUIS-JE ME PERMETTRE DE VOUS DEMANDER DE QUOI ÇA PARLE ?
C'EST L'HISTOIRE D'UN VALET D'HÔTEL... MOI... QUI RELUQUE DES FILLES PAR LES TROUS DE SERRURE DES CLIENTS, AH ! AH !
MAIS CE N'EST QU'UN DÉCOR, IL N'Y A RIEN À FILMER DERR...
AH AH AH !

GEORGES MÉLIÈS !
QUEL PLAISIR DE VOUS VOIR ICI.
ALORS, QU'EST-CE QUE VOUS PENSEZ DE NOTRE NOUVELLE MÉTHODE DE TRAVAIL ? ZECCA TOURNE DES SCÈNES DANS DES DÉCORS SÉPARÉS, POUR TOUT ASSEMBLER ENSUITE !
JE VOUS FAIS VISITER ?
EUH, NON...
C'EST-À-DIRE QUE...
MONSIEUR, QUAND VOUS ÊTES VENU ME VOIR, JE VOUS AI OUVERT LES BRAS, NOTAMMENT DANS L'ESPOIR DE PROFITER DE VOTRE RÉSEAU DE DISTRIBUTION.
AH...
JE SOUHAITAIS SINCÈREMENT VOUS AIDER...
MAIS NOUS SOMMES DÉBORDÉS PAR LE SUCCÈS DES PRODUCTIONS MAISON.
JE NE POUVAIS M'ENGAGER AVEC VOUS QUE SI J'ÉTAIS SÛR DE POUVOIR DÉFENDRE VOS INTÉRÊTS AU MIEUX. OR, JE N'Y ARRIVE DÉJÀ PAS AVEC MES PROPRES FILMS...
ÇA TOMBE BIEN, VU QUE VOUS N'ALLEZ BIENTÔT PLUS AVOIR GRAND-CHOSE À VENDRE...

SI VOUS VOULEZ M'ATTAQUER POUR UN CONTRAT QUE NOUS N'AVONS MÊME PAS SIGNÉ, JE VOUS SOUHAITE BON COURAGE.
LOIN DE MOI CETTE IDÉE SAUGRENUE.
JE NE SUIS PAS NAÏF, JE SAVAIS QUE VOUS VOULIEZ SEULEMENT M'ESPIONNER DEPUIS LE DÉBUT.
JE PENSAIS QUE VOUS NE POURRIEZ JAMAIS REPRODUIRE MON STUDIO.
J'AVAIS VU JUSTE.
EN REVANCHE...
VOUS N'AVEZ PAS ÉTÉ TRÈS MALIN DE COPIER MON PROCÉDÉ DE FILM À QUATRE PAIRES DE PERFORATIONS...
RESTONS SÉRIEUX, CE N'EST MÊME PAS VOTRE INVENTION !
VOUS AVEZ PIQUÉ L'IDÉE À EDISON.
PRÉCISÉMENT.
C'EST BIEN POUR ÇA QUE VOUS SEREZ AUSSI RUINÉ QUE MOI !

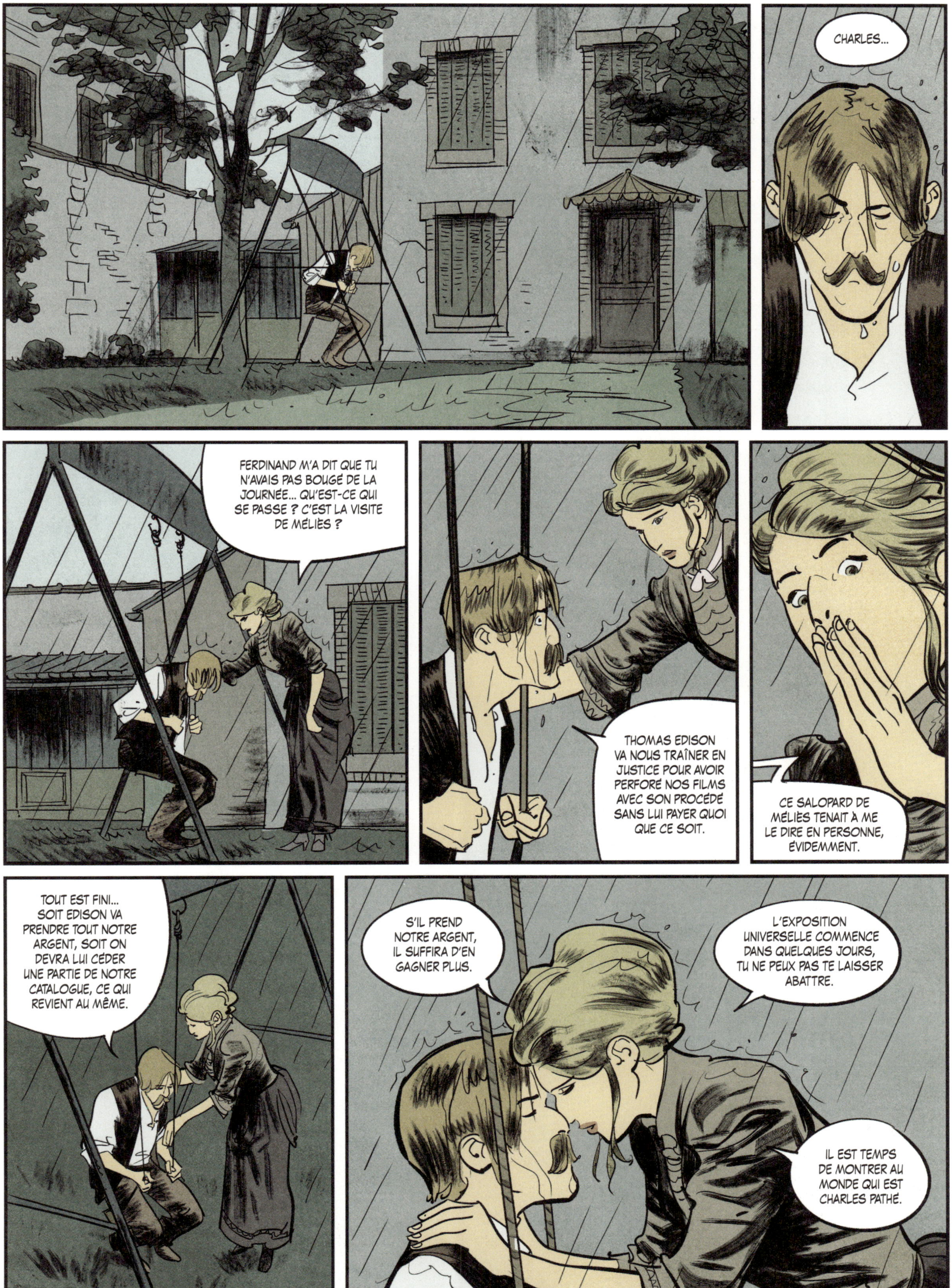
CHARLES...
FERDINAND M'A DIT QUE TU N'AVAIS PAS BOUGÉ DE LA JOURNÉE... QU'EST-CE QUI SE PASSE ? C'EST LA VISITE DE MÉLIÈS ?
THOMAS EDISON VA NOUS TRAÎNER EN JUSTICE POUR AVOIR PERFORÉ NOS FILMS AVEC SON PROCÉDÉ SANS LUI PAYER QUOI QUE CE SOIT.
CE SALOPARD DE MÉLIÈS TENAIT À ME LE DIRE EN PERSONNE, ÉVIDEMMENT.
TOUT EST FINI... SOIT EDISON VA PRENDRE TOUT NOTRE ARGENT, SOIT ON DEVRA LUI CÉDER UNE PARTIE DE NOTRE CATALOGUE, CE QUI REVIENT AU MÊME.
S'IL PREND NOTRE ARGENT, IL SUFFIRA D'EN GAGNER PLUS.
L'EXPOSITION UNIVERSELLE COMMENCE DANS QUELQUES JOURS, TU NE PEUX PAS TE LAISSER ABATTRE.
IL EST TEMPS DE MONTRER AU MONDE QUI EST CHARLES PATHÉ.

« DANS LES FAITS, LE CINÉMA S'ADJOINT À LA PHOTOGRAPHIE DANS LA CLASSE 12 DU GROUPE III, INSTRUMENTS ET PROCÉDÉS GÉNÉRAUX DES LETTRES, DES SCIENCES ET DES ARTS...
... IL EST RELÉGUÉ AU FOND DU PALAIS DE L'ENSEIGNEMENT, SUR LE CHAMP-DE-MARS...
UNE PREUVE, S'IL EN FALLAIT ENCORE UNE, QUE LE CINÉMA N'EST QU'UN SOUS-GENRE VULGAIRE DE LA PHOTOGRAPHIE... » BLA BLA BLA...
EH BIEN, VOTRE AMI VERRIN N'Y VA PAS DE MAIN MORTE, COMME À SON HABITUDE.
TANT MIEUX. CETTE FOIS-CI, JE VAIS LAISSER PATHÉ S'ENFONCER TOUT SEUL.
IL VA CHERCHER À ATTIRER L'ATTENTION SUR LUI, LES JOURNALISTES VONT S'EN DONNER À CŒUR JOIE.
CE N'EST PAS VOTRE GENRE DE LAISSER QUELQU'UN D'AUTRE MENER LA DANSE.
FAUT CROIRE QUE J'AI CHANGÉ, ALICE. ÇA DOIT ÊTRE VOTRE PROJET SUR LE CHRIST, SES TROIS CENTS FIGURANTS, LE TOURNAGE EN FORÊT...
VOILÀ DU CONCRET.
EXPOSITION UNIVERSELLE, AVRIL 1900.
ÇA DONNE ENVIE DE RÊVER À NOUVEAU.

OGRAPHE & PH
MANUFACTURE DE CYLINDRES POUR PHONOGRAPHE
AUX FO
Emile CHO
3 RUE
... GRÂCE À NOTRE MAISON PATHÉ, LE CINÉMATOGRAPHE EST ENFIN RÉHABILITÉ OFFICIELLEMENT, TROIS ANS APRÈS LA TERRIBLE CATASTROPHE DU BAZAR DE LA CHARITÉ !
DEPUIS CETTE DATE DE SINISTRE MÉMOIRE, LES VUES ANIMÉES ÉTAIENT CONSIDÉRÉES D'UN MAUVAIS ŒIL. ON SUSPECTAIT LEUR FONCTIONNEMENT, ET MÊME LEUR MORALITÉ.
CETTE EXPOSITION VA NOUS PERMETTRE, GRÂCE À LA LARGE PLACE ACCORDÉE À NOS DIVERS SPECTACLES CINÉMATOGRAPHIQUES...
... DE FÊTER L'UNE DES PLUS GRANDES INVENTIONS DE CE SIÈCLE QUI S'ACHÈVE EN APOTHÉOSE.
MONSIEUR PATHÉ !
MONSIEUR PATHÉ ! COMMENT OSEZ-VOUS UTILISER LE BAZAR POUR...
BRAVO !!!
BRAVO !!!

MERCI, MERCI...
CHARLES ! PSSST ! CHARLES !
AH OUI !
CHERS AMIS JOURNALISTES, LAISSEZ-MOI VOUS PRÉSENTER FERDINAND ZECCA, LE PRODIGE DU FAMEUX *PAR LE TROU DE LA SERRURE*, NOTRE PLUS GRAND SUCCÈS.
À TEL POINT QUE LES AMÉRICAINS SE L'ARRACHENT !
EH OUI ! LES PRODUCTIONS PATHÉ FRÈRES VONT DÉSORMAIS S'EXPORTER SUR TOUS LES CONTINENTS.
FERDINAND EST L'INVENTEUR D'UN NOUVEAU LANGAGE CINÉMATOGRAPHIQUE AVEC LE CADRAGE SUBJECTIF...
MENSONGES !!!
MENTIR, C'EST TOUT CE QUE VOUS SAVEZ FAIRE, PATHÉ !
ZECCA N'A RIEN INVENTÉ ! VOUS N'AVEZ RIEN INVENTÉ ! VOUS AVEZ COPIÉ TOUTES VOS IDÉES CHEZ LES AUTRES !
MONSIEUR MÉLIÈS, CITEZ-MOI UN SEUL ARTISTE QUI NE S'INSPIRE PAS DE SES VÉNÉRABLES PAIRS. NOUS DÉVORONS DES INFLUENCES, À DROITE, À GAUCHE, ET NOUS Y AJOUTONS UNE PINCETTE DE CRÉATIVITÉ POUR EN FAIRE QUELQUE CHOSE DE NOUVEAU.

VOUS ? UN ARTISTE ? ESPÈCE DE...
MESSIEURS, JE VOUS EN PRIE !
QUELS QUE SOIENT VOS GRIEFS, RÉGLONS ÇA EN GENTILSHOMMES.
MES... GRIEFS ?
VOUS NE SAVEZ VRAIMENT PAS POUR QUI VOUS TRAVAILLEZ, HEIN ?

MONSIEUR PATHÉ A LES MOYENS DE SE PAYER UN STAND, LUI...
MAIS POUR GEORGES MÉLIÈS, PAS DE STAND, PAS DE VISIBILITÉ ! NON, JE DOIS TRAVAILLER POUR PAYER THOMAS EDISON, PARCE QUE MONSIEUR PATHÉ A EU LA BRILLANTE IDÉE D'ATTIRER SON ATTENTION EN PARADANT SOUS SON NEZ AUX ÉTATS-UNIS !
UN OPPORTUNISTE, UN PROFITEUR, VOILÀ CE QUE VOUS ÊTES !
VOUS...
VOUS...
ÇA SUFFIT !
ARRÊTEZ...
JE REVIENS DE LA GALERIE DES MACHINES...
LES LUMIÈRE SONT EN TRAIN DE PRÉSENTER QUELQUE CHOSE...
... QUELQUE CHOSE QUI VA TOUT CHANGER.
ENCORE ?!!

LOUIS LUMIÈRE ET SON FRÈRE SONT... PRODIGIEUX.
AH ? PARCE QU'ILS ONT FILMÉ UN TRAIN QUI ENTRE EN GARE DE JOINVILLE APRÈS CELLE DE LA CIOTAT ?
S'IL N'Y A QUE ÇA POUR VOUS FAIRE PLAISIR, JE PEUX FILMER TOUTES LES GARES DE FRANCE...
NE FAITES PAS L'IDIOTE, VOUS SAVEZ TRÈS BIEN DE QUOI JE PARLE...
BRAVO
BRAVO
BRAVO
BRAVO
BRAVO
BRAVO
BRAVO
BRAVO
BRAVO
BRAVO
BRAVO
BRAVO

NOUS AVONS FAIT FAUSSE ROUTE.
J'AI D'ABORD CRU QU'IL FALLAIT VENDRE DES MACHINES, PUIS QU'IL SUFFIRAIT D'IMAGINER DES FILMS...
MAIS CE QUI MANQUAIT AU CINÉMA, C'ÉTAIT UN LIEU À SA MESURE... UN LIEU CONÇU, ADAPTÉ POUR LUI...
UNE... SALLE DE CINÉMA !
PATHÉ PEUT PRODUIRE TOUS LES FILMS DU MONDE, ÇA N'AURA PAS LE MOINDRE IMPACT S'IL NE PEUT PAS LES PROJETER CONVENABLEMENT.
VOUS ESPÉREZ QUE LES LUMIÈRE VONT VOUS LAISSER EXPLOITER LEUR NOUVEAU JOUJOU SANS RIEN DIRE ?
ATTENDEZ, J'AI GARDÉ LE MEILLEUR POUR LA FIN.
ILS ONT DÉCIDÉ D'ARRÊTER LE CINÉMA POUR SE CONSACRER À LA PHOTOGRAPHIE !
JE N'EN ATTENDAIS PAS TANT...
LES ÉTOILES SONT ALIGNÉES, ALICE...
ET VOTRE PARTENARIAT AVEC GRENIER ?
VOTRE FILM DÉMESURÉ SUR LE PETIT JÉSUS, VOUS PRÉFÉRERIEZ LE DIFFUSER OÙ ? CHEZ UN PETIT FORAIN, OU DANS MA FUTURE SALLE GAUMONT ÉQUIPÉE D'UN ÉCRAN GÉANT ?

ON DIRAIT QUE LA JOURNÉE NOUS RÉSERVE ENCORE QUELQUES BONNES SURPRISES.
CALME-TOI.
LE CLAN PATHÉ...
RESTEZ CALME, LÉON...
VOUS AVEZ MANQUÉ UN SACRÉ SPECTACLE, PATHÉ.
COMMENT FAITES-VOUS POUR TOUJOURS AVOIR UN TRAIN DE RETARD ?
MANIFESTEMENT, CERTAINS D'ENTRE NOUS TRAVAILLENT.

POUR AMUSER LA GALERIE, VOUS VOULEZ DIRE ?
VOUS ÊTES UN BEAU PARLEUR...
ÇA TOMBE BIEN, J'AI UN MESSAGE DE LA PART DE MÉLIÈS : IL EST TRÈS ÉNERVÉ DE DEVOIR PRODUIRE À LA CHAÎNE POUR REMBOURSER EDISON.
ET ? EN QUOI ÇA ME REGARDE ?
PARCE QUE LA VÉRITÉ, CHERS AMIS, C'EST QUE GAUMONT NOUS A DÉNONCÉS À EDISON...
MÉLIÈS ET MOI-MÊME !
J'EN PROFITE POUR VOUS DIRE QUE JE SUIS UN GRAND ADMIRATEUR DE VOTRE TRAVAIL, MADEMOISELLE GUY. VOTRE VERSION DE *LA PARTIE DE CARTES* ÉTAIT DE LOIN LA MEILLEURE.
VOUS M'HONOREZ MONSIEUR ZECCA.
VOUS JETEZ LE DISCRÉDIT SUR TOUTE NOTRE NATION, GAUMONT !
JE N'AI PAS LA MOINDRE IDÉE DE CE DONT VOUS PARLEZ, PATHÉ.
VOUS ME FATIGUEZ.
VENEZ, ALICE.
VOUS BATTEZ EN RETRAITE ?
EST-CE DÉJÀ LA FIN D'UN EMPIRE... AVANT MÊME SON AVÈNEMENT ?
JE COMPTE SUR VOUS POUR LUI RABATTRE SON CAQUET AVEC VOTRE PÉPLUM.
BIEN ENTENDU... MAIS...
LÉON... CETTE HISTOIRE DE DÉNONCIATION À EDISON...
C'EST VRAI ?

FORÊT DE FONTAINEBLEAU,
CINQ ANS PLUS TARD.
NOM DE DIEU...

ELLE L'A VRAIMENT FAIT...
QUELLE FEMME !
BONJOUR...
FAUT PAS RESTER LÀ, M'SIEUR. ON DOIT BIENTÔT FILMER, ET LA DAME ELLE VA PAS ÊTRE CONTENTE S'IL Y A DES INTRUS SUR L'PLATEAU.
AU CONTRAIRE, CHERS AMIS, JE PENSE QU'ELLE SERA TRÈS HEUREUSE DE ME VOIR.
OÙ POURRAIS-JE TROUVER MADEMOISELLE GUY, JE VOUS PRIE ?
ELLE FAIT DES REPÉRAGES DERRIÈRE LA COLLINE...
ON VOUS AURA PRÉVENU, ELLE A DIT QU'ELLE VOULAIT PAS ÊTRE DÉRANGÉE, LA PATRONNE.

ALICE ?!!

LÉON ? QUELLE BONNE SURPRISE !
VOUS AURIEZ DÛ PRÉVENIR, ON VOUS AURAIT REÇU COMME IL SE DOIT.
LE TOURNAGE SE DÉROULE À MERVEILLE.
JE CONFIRME, ALICE FAIT UN TRAVAIL FANTASTI...
PAF !
J'AI PLUS L'IMPRESSION D'UNE GRANDE PARTIE DE CAMPAGNE QUI VIDE MES CAISSES, MAIS SI VOUS LE DITES...
MONSIEUR... ?
HERBERT BLACHÉ, UN DE NOS NOUVEAUX OPÉRATEURS. JE LUI MONTRAIS LES ROUTINES DU MÉTIER.
TRÈS BIEN. LA MANIPULATION EST UN ART, ET VOUS EN ÊTES LA MAÎTRESSE INCONTESTÉE.
SUR CE, SI VOUS VOULEZ BIEN M'EXCUSER.

LÉON, ATTENDEZ !
PAS ICI, JE VOUS EN PRIE...
ET POURQUOI PAS ? VOUS AVEZ DES CHOSES À CACHER ?
SOYEZ PROFESSIONNEL, POUR UNE FOIS. MES ACTEURS N'ONT PAS À SUBIR LA JALOUSIE D'UN HOMME MARIÉ.
JE N'AI QUE FAIRE DE VOTRE MISÉRABLE VIE PRIVÉE, GUY. PAR CONTRE, ÇA ME DÉRANGE QUE VOUS PASSIEZ VOTRE TEMPS À VOUS ENVOYER EN L'AIR SUR LE DOS DE MON PORTEFEUILLE DEPUIS CINQ ANS.
RÉALISER LE PREMIER GRAND FILM HISTORIQUE SUR L'ANTIQUITÉ DEMANDE DU TEMPS, LE TEMPS DE BIEN FAIRE LES CHOSES...
COMME SA DURÉE ? TRENTE MINUTES, HEIN ?
FRANCHEMENT, QUI IRAIT VOIR UN TRUC AUSSI LONG ?

L'AVENIR DU CINÉMA EST DANS LES GRANDS FILMS ET LES ARTISTES QUI SONT DERRIÈRE. LES AMÉRICAINS L'ONT BIEN COMPRIS, EUX.
SI MON BOULOT NE VOUS CONVIENT PAS, VIREZ-MOI SUR-LE-CHAMP...
ET FINISSEZ CE TOURNAGE VOUS-MÊME !
SI VOUS EN ÊTES SEULEMENT CAPABLE !
ALICE !
COMMENT EN SOMMES-NOUS ARRIVÉS LÀ ? ON S'ÉTAIT JURÉ DE TOUJOURS SE SOUTENIR...
« NE JAMAIS SE MENTIR, NE JAMAIS TRICHER », C'EST ÇA QU'ON S'ÉTAIT PROMIS.
JE SAIS QUE C'EST VOUS QUI AVEZ DÉNONCÉ MÉLIÈS ET PATHÉ À EDISON, COMME VOUS AVIEZ ARNAQUÉ CE PAUVRE DEMENŸ, COMME VOTRE TOUR DE PASSE-PASSE, À L'ÉPOQUE, POUR RACHETER LE COMPTOIR DE LA PHOTOGRAPHIE...
J'AI TOUJOURS VOULU RÉUSSIR, CERTES, MAIS PAS À N'IMPORTE QUEL PRIX.
C'EST COMME ÇA QUE VOUS ME VOYEZ ?
DIEU QUE J'AIME VOTRE SINCÉRITÉ LÉGENDAIRE.
ÇA MÉRITERAIT BIEN UNE NOUVELLE PROMOTION...

RUE CAULAINCOURT.
HIPPODROME
GAUMONT PALACE
La NAISSANCE, LA VIE et la MORT du CHRIST
LES SALLES AU BÛCHER !
MENTEURS !
VOLEURS !
MARCHE DES FORAINS CONTRE LES SALLES DE CINÉMA EN VILLE
PATHÉ ET GAUM
TUENT
LES VRAIS TRAVA
GAUMONT, PATHÉ, TOUS LES MÊMES POURRITURES !
FOUTEZ LE CAMP DE NOS VILLES !
RENDEZ L'ARGENT !
MEURTRIERS !
MONSIEUR GRENIER ? UN MOT ?

NON AUX SALLES DE CINÉMA
MARCHE DES FORAINS CONTRE LES SALLES DE CINÉMA EN VILLE
CE N'EST PAS TROP LE MOMENT, MÉLIÈS...
ÇA L'EST, CROYEZ-MOI.
CE N'EST PAS UN HASARD SI NOUS SOMMES RÉUNIS ICI, AUJOURD'HUI, GRENIER.
JE VOULAIS VOUS CAUSER DEPUIS QUE J'AI APPRIS QUE GAUMONT VOUS AVAIT RETIRÉ LA DISTRIBUTION DE SES FILMS...
VOUS ET MOI SOMMES LES DOMMAGES COLLATÉRAUX DE LA PETITE GUERRE D'EGO ENTRE PATHÉ ET GAUMONT. L'UN A VOLÉ MES IDÉES, L'AUTRE VOTRE CLIENTÈLE.
POURSUIVEZ.
VOYEZ-VOUS, QUAND L'ART N'EST PLUS L'EXPRESSION DES ARTISTES MAIS TOMBE SOUS LE CONTRÔLE DES INDUSTRIELS, ÇA FINIT TOUJOURS DE LA MÊME MANIÈRE...
POUR EUX, NOUS SOMMES DES OBJETS JETABLES SUR LE CHEMIN DE LEUR ASCENSION.
VOUS TOURNEZ AUSSI DES FILMS, NON ? QU'EST-CE QUI VOUS DIFFÉRENCIE D'EUX ?
GAUMONT PALACE
NE ME METTEZ PAS DANS LE MÊME SAC QUE GAUMONT ET GUY.
LEURS SUPERPRODUCTIONS NE SERONT JAMAIS DU VRAI CINÉMA.
JE CROIS DUR COMME FER EN VOS FOIRES ET AU PUBLIC POPULAIRE, PAS À CES SALLES OUTRANCIÈRES RÉSERVÉES AUX BOURGEOIS.
QUE DIRIEZ-VOUS DE DIFFUSER TOUS MES PROCHAINS FILMS EN AVANT-PREMIÈRE ?
ÇA PEUT SE DISCUTER...

NEW JERSEY, ÉTATS-UNIS, 1907.
USINE PATHÉ, BOUND BROOK.
LA... QUOI ?
EN FRANÇAIS, BREST, PAR PITIÉ !
LA MPPC, MOTION PICTURE PATENTS COMPANY : THOMAS EDISON VEUT CRÉER UN TRUST DE PRODUCTEURS POUR CONTRÔLER VOTRE INFLUENCE SUR LE MARCHÉ AMÉRICAIN.
MERDE !
ÇA LUI A PAS SUFFI DE POMPER NOTRE FRIC AVEC SA PELLICULE ?
CHARLES, TU NE PEUX PAS LUI EN VOULOIR. ON PRODUIT UN FILM PAR JOUR CHEZ PATHÉ QUAND ILS EN TOURNENT, AU MIEUX, UN PAR SEMAINE...
TU SERAS BIENTÔT À LA TÊTE DU PREMIER EMPIRE CINÉMATOGRAPHIQUE MONDIAL. PRENDS SA TENTATIVE DÉSESPÉRÉE DE T'ARRÊTER COMME UN SIGNE DE RECONNAISSANCE.
BIEN VU.
RESTE QUE 30% DE NOS BÉNÉFICES PROVIENNENT DE CE PAYS... BREST, ÇA DONNE QUOI AVEC LA PELLICULE DE DUPONT DE NEMOURS ?
ELLE ARRIVE, MONSIEUR PATHÉ, ELLE ARRIVE.
ÇA NE CHANGERA RIEN AU PROBLÈME. CETTE USINE SE CONTENTE DE TIRER ET DE DÉVELOPPER DES FILMS TOURNÉS EN EUROPE POUR LES ÉTATS-UNIS...

SI EDISON RÉUSSIT À FAIRE ADOPTER SES MESURES PROTECTIONNISTES, NOS EXPORTATIONS SERONT AU POINT MORT.
PUTAIN DE VIPÈRE !
ATTENDEZ... C'EST LE LIEU DE TOURNAGE QUI EST PRIS EN COMPTE ?
CHARLES, NON.
NE NOUS ÉPARPILLONS PAS...
ET POURQUOI PAS ? SI NOUS POUVONS BATTRE GAUMONT ET MÉLIÈS EN FRANCE, QUI NOUS ARRÊTERA ICI ?
ON POURRAIT TOURNER DES FILMS SUR PLACE...
ACTEURS DU CRU, DÉCORS NATURELS, PEU IMPORTE L'HISTOIRE...
J'IMAGINE QUE S'IL S'AGIT D'UNE PRODUCTION LOCALE, EDISON NE POURRA PAS Y FAIRE GRAND-CHOSE.
C'EST LANCÉ !
VIVE PATHÉ-AMERICA !
ET QUI SERA LE RÉALISATEUR DE TON RÊVE AMÉRICAIN ?
ZECCA A DÉJÀ ASSEZ À FAIRE EN FRANCE...
ON TROUVERA BIEN QUELQU'UN.
COMMENT IL S'APPELLE DÉJÀ, CELUI QUI GÈRE NOTRE BRANCHE ITALIENNE ?

FORMIDABLE, FEUILLADE !
CES DÉCORS SONT À LA FOIS BURLESQUES ET SURPRENANTS. DIGNES DE MON NOUVEAU DIRECTEUR ARTISTIQUE.
À CE SUJET, VOUS ÊTES CERTAIN QUE MADAME GUY ÉTAIT D'ACCORD AVEC MA PROMOTION ? JE LUI DOIS TOUTE MA CARRIÈRE, ET JE NE VOUDRAIS PAS...
DÉTENDEZ-VOUS, C'EST ELLE QUI M'A SUGGÉRÉ VOTRE NOM.
ELLE N'A FAIT QUE SUIVRE SON MARI À L'ÉTRANGER POUR CONTRER L'AUTRE IDIOT QUI SE PREND DÉJÀ POUR LE ROI DU MONDE...
ET PUIS... ALICE EST UNE ARTISTE UNIQUE, MAIS NOTRE MÉTIER N'EST PAS DE NE PRODUIRE QUE DE L'ART.
CERTES...
J'AI BESOIN DE QUELQU'UN QUI SACHE TOUCHER LE VRAI PEUPLE, CAPABLE DE MANIER AUSSI BIEN LA RIGUEUR DES LUMIÈRE, L'OPPORTUNISME DE PATHÉ QUE LA FANTAISIE DE MÉLIÈS.
JE FERAI DE MON MIEUX, MONSIEUR GAUMONT.
MONSIEUR, UN JOURNALISTE VOUS DEMANDE, IL INSISTE BEAUCOUP...
UN JOURNALISTE ?

CITÉ ELGE, BUTTES-CHAUMONT, 1907.
ON M'AVAIT ANNONCÉ UN JOURNALISTE, C'EST DÉCEVANT.
CONTENT DE VOTRE EXPLOIT, HEIN ? APRÈS TOUTES CES ANNÉES, VOUS AVEZ RÉUSSI À ME FAIRE VIRER DU *FIGARO*.
L'ALCOOL VOUS A FAIT VIRER ! VOTRE VENDETTA STUPIDE CONTRE LE CINÉMA VOUS A FAIT VIRER !
QU'EST-CE QUE VOUS ME VOULEZ, VERRIN ?
UNE JUSTE COMPENSATION. ÉTANT VOTRE PLUS GRAND DÉTRACTEUR, J'AI JOUÉ UN RÔLE ESSENTIEL DANS VOTRE ASCENSION.
ET QUE DIRAIT VOTRE FEMME SI ELLE APPRENAIT POUR VOTRE « RELATION » AVEC ALICE GUY ?
DE TELLES INEPTIES N'INTÉRESSERONT JAMAIS PERSONNE, PAUVRE ABRUTI.
PEU IMPORTE SI C'EST VRAI OU FAUX, LE DOUTE SUFFIRA...
DISPARAISSEZ À JAMAIS, OU SOYEZ CERTAIN QUE MÉLIÈS ET PATHÉ SAURONT QUE C'EST VOUS QUI LES AVEZ BALANCÉS À EDISON !
PAS SÛR QU'ILS APPRÉCIENT.

QUE DESSINES-TU, ALICE ?
MON AVENIR.
Solax
À SUIVRE...

Autres albums de Jean-Baptiste Hostache :

Éditions Glénat

Tenzing
en collaboration avec Christian Clot

Seigneurs de guerre (2 tomes)
en collaboration avec Guillaume Dorison

Neige fondation (3 tomes)
en collaboration avec
Éric Adam et Didier Convard

Éditions Humanoïdes Associés

Naissance du Tigre
en collaboration avec Feldrik Rivat

Clockwerx (2 tomes)
en collaboration avec
Jason Henderson, Tony Salvaggio
et Guillaume Dorison

Éditions Les Deux royaumes

Assassin's Creed : Conspirations
(1 tome)
en collaboration avec Guillaume Dorison

Autres albums de Guillaume Dorison :

Éditions Les Humanoïdes associés

Clockwerx (2 tomes)
en collaboration avec
Jean-Baptiste Hostache, Tony Salvaggio
et Jason Henderson

Crusades (3 tomes)
en collaboration avec
Alex Nikolavitch et Zhang Xiaoyu

All In (3 tomes)
en collaboration avec N'Dish et Xian Nu

Alter
en collaboration avec Nau et Maria

Anarky
en collaboration avec Hobe et Pazo

E-Dylle
en collaboration avec Kalon

Holy Wars
en collaboration avec Shaos

Kenro (3 tomes)
en collaboration avec Zerriouh et Nau

Love I.N.C (3 tomes)
en collaboration avec Kalon

Omega Complex (3 tomes)
en collaboration avec Shonen

Éditions Glénat

Seigneurs de guerre (2 tomes)
en collaboration avec
Jean-Baptiste Hostache

Fawcett
en collaboration avec Alessandro Bocci

Black Lord (2 tomes)
en collaboration avec
Jean-Michel Ponzio

Le Cycle de Nibiru (2 tomes)
en collaboration avec Mathieu Moreau

Lost Planet
en collaboration avec
Massimo Dall'Oglio

Mary Kingsley
en collaboration avec Julien Telo,
Didier Poli, Jean-Baptiste Hostache,
Benoît Tellac et Mathieu Esteban

Devil May Cry
en collaboration avec
Robin Recht et Patrick Pion

Le Petit Prince (10 tomes)
en collaboration avec Elyum Studio

Ayakashi, légende des 5 Royaumes
en collaboration avec VanRah

Versus Fighting Story (4 tomes)
en collaboration avec Madd et Kalon

Éditions Les Deux royaumes

Assassin's Creed : Conspirations
(2 tomes)
en collaboration avec
Jean-Baptiste Hostache et Patrick Pion

Assassin's Creed : Bloodstone
(2 tomes)
en collaboration avec Ennio Bufi

Éditions Kana

Talento 7
en collaboration avec Kalon

Éditions Pika

Lord of Chaos (2 tomes)
en collaboration avec Shonen